MARCOS REY

CORRIDA INFERNAL

MARCOS REY

CORRIDA INFERNAL

Ilustrações Luciano Tasso

São Paulo
2022

© **Palma B. Donato, 2013**
3ª Edição, Editora Ática, 1998
4ª Edição, Global Editora, São Paulo 2022

Jefferson L. Alves – diretor editorial
Flávio Samuel – gerente de produção
Juliana Campoi – coordenadora editorial
Luciano Tasso – ilustrações e capa
Eduardo Okuno – projeto gráfico
Maria Letícia L. Sousa e Deborah Stafussi – revisão
Valmir S. Santos – diagramação

Dados Internacionais de Catalogação na Publicação (CIP)
(Câmara Brasileira do Livro, SP, Brasil)

Rey, Marcos
  Corrida infernal / Marcos Rey ; ilustração Luciano Tasso. –
4. ed. – São Paulo : Global Editora, 2022.

  ISBN 978-65-5612-225-0

  1. Ficção brasileira I. Tasso, Luciano. II. Título.

22-102047   CDD-B869.3

Índices para catálogo sistemático:
  1. Ficção : Literatura brasileira   B869.3
  Aline Graziele Benitez – Bibliotecária – CRB-1/3129

Obra atualizada conforme o
NOVO ACORDO ORTOGRÁFICO DA LÍNGUA PORTUGUESA

Global Editora e Distribuidora Ltda.
Rua Pirapitingui, 111 — Liberdade
CEP 01508-020 — São Paulo — SP
Tel.: (11) 3277-7999
e-mail: global@globaleditora.com.br

- globaleditora.com.br
- @globaleditora
- /globaleditora
- @globaleditora
- /globaleditora
- /globaleditora
- blog.grupoeditorialglobal.com.br

Direitos reservados.
Colabore com a produção científica e cultural.
Proibida a reprodução total ou parcial desta
obra sem a autorização do editor.

Nº de Catálogo: **4531**

CORRIDA INFERNAL

Sai da frente que atrás vem gente

Elaine estava andando no metrô quando uma desconhecida lhe pediu que guardasse uma boneca que aparentemente não tinha nada de excepcional. Por que Elaine haveria de recusar? Não só guardou a boneca, como também tentou devolvê-la no lugar e na hora que havia combinado.

A partir daí, porém, muita coisa estranha começa a acontecer. Por que existe tanta gente interessada nessa boneca? Para descobrir a resposta e se livrar de perigosos perseguidores, Elaine vai ter de enfrentar uma corrida verdadeiramente infernal.

Suspense e aventura são os componentes deste romance sensacional de Marcos Rey, que você só vai conseguir parar de ler quando chegar à última página. Prepare seu fôlego para acompanhar os apressados passos de Elaine.

1
AS JOIAS DO COFRE

Havia naquele vagão do metrô um par de olhos grandes, pretos e curiosos. Raramente Elaine – 16 anos, uma beleza! – viajava abaixo do nível do solo, por sob a cidade, e precisava observar tudo muito bem, para depois contar o que havia visto à vovó Selma. Idosa e pesadona, nem de ônibus ela viajava mais. Na ida, ansiosa, não se fixara em nada, com receio de que sua missão fracassasse. Mas como se saíra bem – trazia o dinheiro da pulseira, uma das joias do tesouro da avó – voltava num *relax* gostoso, aliviada. "Pelo menos por um mês podemos ir tocando a vida", dizia-se.

Órfã desde menina, Elaine morava com a avó materna num pequeno apartamento, no miolo de São Paulo, ao lado do mais barulhento dos viadutos, o Minhocão. De todos os lados, apenas edifícios. Verde, para ela, era cor que só existia na televisão e nos livros. O próprio azul do céu se mostrava, limitadamente, por entre os prédios, azul desbotado ou acinzentado pela poluição. Aprendera com Vítor a invejar as pessoas que conviviam com as cores, os animais, o silêncio e a natureza. Aliás, animal, tinha um, uma gata, a gata Christie, assim batizada por vovó Selma, leitora fanática de romances policiais.

Vidinha dura levavam Elaine, a avó e a dita gata, sustentadas por uma única fonte de renda fixa: a exígua aposentadoria deixada pelo avô, menor a cada mês, devido à inflação. Para complementar a verba familiar, dona Selma produzia bombons de chocolate – uma delícia –, que a neta entregava a uma reduzida freguesia, apenas ampliada na Páscoa e no Natal. Felizmente, havia o mencionado tesouro, um cofre velho, outrora cheio até a boca de colares, pulseiras, broches, medalhões, brincos e anéis acumulados nos bons tempos pelo pai de Elaine, esperto corretor de imóveis. Durante muito tempo, vovó Selma resistira à necessidade de vender as joias, porém, com o agravamento da situação financeira, resolveu negociá-las uma a uma, sempre que o sustento das três era ameaçado.

Naquela tarde, Elaine visitara uma antiga conhecida de vovó Selma para vender uma pulseira. Não alcançara bom preço, mas trouxera o dinheiro na bolsa. Por isso sentia-se feliz. E já satisfeita com o que observara do metrô, fez o de sempre: pensar em Vítor. Ah, Vítor! Estava apaixonada. Ele não se parecia com um príncipe encantado das historietas, talvez nem fosse bonito, mas amava-o mais a cada dia. Quanto a ele, aquilo nem era amor, era obsessão, condimentada por uma forte dose de ciúme, uma colher cheia, que em lugar de atrapalhar, tornava tudo melhor.

Foi então que Elaine viu a moça de amarelo.

2
A FAMOSA MAITÊ

Subitamente uma moça alta e bonita, vestida de amarelo, demonstrando certo nervosismo, entrou no vagão e sentou-se ao lado de Elaine, sem se acomodar, inquieta. Na mão, segurava uma boneca loira, muito chique, exatamente do tipo que aparecia na tevê em todos os intervalos comerciais – "Peça sua Maitê ao papai" –, verdadeiro sucesso nas lojas naquele dezembro. Elaine já passara da idade de brincar com bonecas, mas não deixou de olhar ternamente para aquela coisinha sofisticada, que mexia os olhos verdinhos, sem dúvida o presente mais cobiçado por todas as meninas do país.

A moça, muito maquiada, a princípio nem tomou conhecimento de Elaine, sempre a olhar toda a extensão do vagão. Depois, deu uma respirada profunda, de encher os pulmões. Afinal, percebeu Elaine a seu lado e começou um sorriso, que não se completou.

– É uma Maitê, não é? – perguntou Elaine, com os olhos fixos na boneca.

A moça de amarelo ouviu, mas não estava lá; ziguezagueava olhares preocupados. Ao ver um homem corpulento que circulava, elétrico, como se procurasse alguém, curvou-se toda sobre Elaine. O homem passou.

— Sim, é uma Maitê – confirmou, retomando o sorriso interrompido.

Elaine sentiu seu perfume, bom demais, constatando que de perto a estranha passageira parecia menos jovem, embora sua beleza persistisse. Por que não se sentava mais confortavelmente? Teve a impressão de que desejava evitar alguém que tomara o mesmo trem.

— A senhora está preocupada?

— Eu? Claro que não – respondeu a moça de amarelo, como se acusada de alguma coisa. E para desfazer essa aparência, passou a mão nos cabelos da boneca um tanto desajeitadamente. Depois, perguntou: – Viaja sempre de metrô?

— Poucas vezes.

— Então não mora em São Paulo?

— Moro – respondeu Elaine –, mas no centro, quase nunca vou aos bairros mais afastados. Hoje tive de fazer uma visita, a pedido da minha avó.

Inclinando-se ainda mais para o lado de Elaine, encenando grande interesse, quando sua verdadeira intenção era a de não ser reconhecida, a moça de amarelo perguntou:

— Vive com sua avó?

— Meus pais morreram há muitos anos num desastre de automóvel. Vivo com minha avó e uma gatinha.

A passageira não se comoveu, pois sua atenção não estava ali, mas, para alimentar a conversa, comentou vagamente:

— Então mora no centro...

— Bem diante do viaduto, emparedada entre os edifícios. Um lugar feio e barulhento. Até para dormir é difícil. Tem um cavalo de neon que acende e apaga a noite toda, iluminando nosso quarto. Anúncio de um cigarro...

A moça de amarelo fitava Elaine, desatenta. Porém, manter a prosa era importante.

— Como é seu nome?

— Elaine.

— Bonito nome — disse, sem exclamação, apenas para falar. — Tive uma amiga chamada Elaine.

Elaine viu o homem corpulento que passara acompanhado de outro, este pequeno, enfiado numa capa de chuva. A dona da Maitê seguiu a direção do olhar de Elaine e deu com os dois homens à porta do vagão, como se contassem os passageiros ou procurassem identificar um deles.

A moça de amarelo dirigiu-se a Elaine, afobada, enquanto o trem parava na estação Santa Cecília.

— Fique com a boneca — disse, passando-lhe a Maitê, como quem quisesse se livrar duma bomba-relógio. — Onde você desce?

— Na Praça da República.

— A gente se vê mais tarde — acrescentou, levantando-se apressada e seguindo na direção oposta à dos homens.

As portas do vagão abriram-se automaticamente, dando ingresso a novos passageiros e formando a habitual lufa-lufa dos que entravam e saíam. Os dois homens começaram a empurrar uns e outros, brutalmente, provocando reações também violentas. Formou-se uma confusão. Um deles, que teria visto a moça sair, decidiu deixar a composição, enquanto o outro permanecia no vagão, atarantado.

Elaine, assim que tudo se acalmou, levantou-se com a Maitê nas mãos e foi colar o rosto numa das janelas para verificar o que acontecia na plataforma. Viu o homem da capa de chuva; a moça, não. Quando o trem se afastou da estação, voltou a sentar-se em seu lugar. Tinha certeza que a coitada fora perseguida por bandidos. Verdadeiras gangues sempre agem nos ônibus e trens.

Praça da República. Elaine desceu do trem olhando para todos os lados. A moça de amarelo evaporara. Viu apenas o homem corpulento, que não descera do vagão, atento a tudo. O da capa de chuva teria agarrado a moça, à luz do dia, na frente de todos? Havia, no entanto, uma indagação mais intrigante: por que lhe dera a Maitê?

3
O APARTAMENTO SOBRE O VIADUTO

Vovó Selma era conhecida no edifício como "a velha simpática do quinto andar", ou como "a avó daquela gracinha de garota", ou como "a dona daquele gato que toma sol perigosamente no parapeito da janela". Preferia ser reconhecida simplesmente como a avó de Elaine, para ela a moça mais charmosa do quarteirão. Corujice duma mãe-avó para com sua filha-neta, única pessoa que lhe restava no mundo. Mas dona Selma não ostentava o jeito depressivo das pessoas solitárias. Bastava ter um romance policial nas mãos para ficar alegre. E apesar dos seus cabelos brancos, estava a par de tudo que acontecia, sempre atualizada, graças ao rádio e à televisão. Descobriram mais um satélite de Júpiter! Roubaram uma tela de Van Gogh! Vão tentar novamente tirar o Titanic do fundo do oceano! Superligadíssima.

Elaine abriu a porta e entrou, anunciando:

— Vovó, vendi a pulseira!

Sorriso de alívio.

— Fomos salvas pelo gongo mais uma vez! — Era uma expressão que costumava usar, lembrando os pugilistas que o "bleem" do gongo livrava duma derrota feia.

— Dona Irene não pagou o que a senhora pediu, mas quase chegou lá – informou Elaine, pondo a boneca sobre a mesa e entregando o dinheiro recebido à avó.

— Não faz mal — replicou a velha. — A joia não era nenhum Captain Silver, igual ao que foi roubado hoje de manhã duma joalheria. Vale milhões de dólares! — Olhou então para a mesa, exclamando: — Uma Maitê! Você não ligava pra bonecas nem quando era menina...

— Acha que ia gastar dinheiro com isso aí?

— Não vá me dizer que é presente do Vítor.

— Não é, mas podia ser; ele está usando o carro dele para entregas e cobranças duma firma. Precisa ganhar dinheiro. No ano que vem vai prestar vestibular.

— Então, quem lhe deu a boneca?

— Uma moça, no metrô. Estava sendo perseguida.

— Na estação?

— Não, vó, dentro do vagão. Eram dois tipos que pareciam bandidos de cinema. Houve até um conflito no vagão entre eles e passageiros.

— Pegaram a infeliz?

— Desapareceu na primeira parada.

— Ainda bem, coitada. E ela lhe deu a boneca?

Elaine ia responder, mas começou a rir: a gata Christie erguia-se sobre as patas para recepcionar a famosa Maitê.

4
A DONA DA MAITÊ OUTRA VEZ

Assim que a moça de amarelo saiu do trem, misturou-se com o povo que estava na plataforma. A princípio não se mexeu muito, a olhar para uma das janelas do vagão. Viu Elaine com o rosto encostado na vidraça. Fez-lhe um breve sinal, interrompido pelo empurrão de algum apressado. Pensou em retornar ao vagão e pegar a boneca, quando seus olhos deram com o homem de capa de chuva. Subiu precipitadamente a escada. Na superfície, seu primeiro impulso foi chamar um táxi. Teve de resignar-se e esperar alguns minutos até que passasse um desocupado. Entrou.

— Estação República do metrô.

O táxi ficou preso no trânsito. Custou muito a chegar à praça. A moça, nervosa, desceu, mas não dispensou o carro. Ficou olhando para um lado e outro, inquieta. Dez longos minutos. A garota já devia ter cansado de esperá-la.

— Para o viaduto, motorista.

— Que viaduto?

A garota do metrô dera-lhe outra indicação, mas depois de tanto susto, não lembrava.

– Qualquer um – disse. – Só para conhecer a cidade. Vim do Norte.

"Eles vão acreditar no que aconteceu?", perguntava-se. A preocupação inicial se transformava em pavor. Já não era sua liberdade que estava em risco, mas sua própria vida. O que deveria fazer? Enfrentá-los? Ou fugir? Uma ou outra decisão poderia decretar o seu fim.

5
VIVA O VERDE!

Tocaram a campainha do apartamento: era Vítor, o namorado de Elaine, dois anos mais velho que ela e que morava com os pais noutro edifício, vizinho do ruidoso Minhocão. Trazia um minúsculo vaso com uma única flor plantada e um sorriso amplo nos lábios. Com sorrisos e gentilezas conquistara o coração de vovó Selma, um pouco durona em relação aos admiradores da neta.

– Presente pra mim? – perguntou Elaine, já pegando o vaso.

– Esse é o novo símbolo da nossa campanha ecológica – disse o rapaz, mostrando uma frase pintada no vaso. – "Viva o verde!"

– Não vou deixar a flor morrer – garantiu Elaine.

– Fui eleito segundo-secretário da ala juvenil do movimento. Vamos distribuir milhares de vasos. Se não cuidarmos da natureza acabaremos morrendo asfixiados. Já há gente usando máscaras pelas ruas. São Paulo é uma câmara de gás.

Vovó entrou na sala.

– Chegou o inimigo nº 1 da poluição! – exclamou.

– Veja o vaso que ele trouxe! Engraçadinho, não?

– "Viva o verde!" – ela leu. – Mas será que a mensagem atingirá o coração dos industriais? Quem polui são eles, com suas chaminés, não o povo. São os automóveis que eles fabricam. Os vasinhos vão convencê-los a gastar dinheiro com filtros e outros recursos técnicos que evitam a poluição?

Não era a primeira vez que vovó Selma, muito objetiva, lhe dizia essas coisas.

– O vasinho ajudará a sensibilizá-los, dona Selma.

– Confio mais em leis, leis enérgicas, do que em símbolos.

– Os deputados vão receber nossa mensagem. De degrau em degrau a gente... – Viu a boneca sobre a mesa e, com uma ligeira suspeita, voltou-se para Elaine. – Comprou a Maitê?

– Não.

– Ela ganhou – disse a avó.

– Não posso dizer que ganhei – rebateu Elaine, em atitude defensiva. Conhecia Vítor de sobra.

Ciúme tem uma cara inconfundível: a que Vítor fazia.

– Se foi algum fã, diga.

– Não foi.

– A boneca vale muito mais que meu vasinho mixuruca.

– Calma, mocinho. Elaine só namora você, apesar de tantos jovens cavalheiros que a cortejam – interveio vovó Selma, com sua maneira de dizer de antigamente. – Quem deixou a Maitê com ela foi uma moça, no metrô, que estava sendo assediada por ladrões. Mas você não está acreditando. Conte você, Elaine, antes que este ciumento sofra um colapso.

– Foi como a vovó disse. Uma moça deixou a boneca comigo. E não a vi mais. Havia dois bandidões atrás dela.

– Estranho – comentou Vítor. – Não acham?

– O que há de tão estranho nisso? – perguntou Elaine.

– Uma moça com uma boneca. Que idade tinha ela?

– Trinta, por aí.

– Não era muito velhinha pra brincar com bonecas?

– Talvez fosse dar a Maitê de presente.

– Estava dentro duma caixa?

– Não.

– Se era presente, devia estar dentro duma embalagem. Ou não? – Quem respondeu foi a simpática senhora do quinto andar.

– Concordo, ainda mais em dezembro, mês de presentes. Elaine:

– Quem sabe ela é que foi a presenteada.

– Não muda nada. Da mesma forma, a boneca devia estar na caixa. – Elaine não percebia aonde Vítor queria chegar.

– A moça podia ter ganho a boneca há algum tempo e já ter se desfeito da caixa.

Vítor quis mais respostas para mais perguntas.

– Por que ela deixou a boneca com você?

– Para escapar dos bandidos.

– Mas a boneca é pesada?

Elaine ficou muda; vovó Selma, não.

– A boneca poderia identificá-la mais facilmente, entendeu? Sem ela, teria mais chance de se confundir com outras mulheres e escapar dos malvados.

Vítor reconheceu que havia lógica nisso e resolveu pôr um ponto-final em seu *show* de ciúme. Vendo a gata cruzar a sala, brincou:

– Se há algum mistério nisso deixemos que a gata Christie esclareça. – E voltando-se para Elaine, já sem desconfiança: – Que diz de dançar esta noite?

– Não é perigoso andar por aí de madrugada, com a barra pesada que se tornou esta zona? – objetou vovó Selma.

– Vamos no meu carro – disse Vítor orgulhosamente. O carro dele era quase uma sucata, mas dirigindo-o sentia-se um rei. – Apenas uma horinha, Elaine. – Como a namorada concordasse, abriu a porta com o dia ganho. Antes de sair, lembrou-se ainda de perguntar: – Essa moça, quando fugia, gritava, pedia socorro aos passageiros?

– Não – respondeu Elaine.

– No lugar dela, você não gritaria? – perguntou, sem esperar, porém, pela resposta. Saiu.

Vovó Selma, novamente a sós com a neta, comentou:

– Ciúme é o tempero do amor. Seu avô também era ciumento. Costumava armar cenas.

– Mas Vítor vai além das medidas. Deve estar quase certo de que ganhei a Maitê de algum rapaz da escola ou aqui do bairro.

Aposto que vai voltar ao assunto na danceteria. Inventará uma porção de perguntas para que eu caia em contradição.

Vovó Selma ouviu, mas não atenta. Perguntou:

— Então a tal moça de amarelo não chamava por socorro?

— Não.

— Por que não? Para proteger os bandidos?

6
BÓRIS E DUQUE

A moça de amarelo correu de táxi diversos viadutos centrais a olhar pela janela. Sua esperança era ver qualquer coisa que a fizesse recordar a indicação que a garota do metrô lhe dera. Saber que morava com a avó e uma gata num apartamento pequeno era quase nada. Procurar por uma garota bonita, de imensos olhos pretos, parecia-lhe mais ficção que realidade. Quantas não haveriam assim, morando à margem dos viadutos? Decidiu: vou desaparecer. Mas, se desaparecesse, seria perseguida até o fim do mundo.

— Deixe-me no Emperor Park Hotel — pediu ao motorista.

Diante do maravilhoso hotel — era menos suspeito hospedar-se em hotéis cinco estrelas —, o táxi parou e a moça de amarelo desceu. Apanhou a chave na portaria, tomou o elevador, mas não se dirigiu ao seu apartamento. Bateu numa porta.

Um homem baixo, duma gordura maciça, quase calvo, com ralos cabelos ruivos nas partes laterais da cabeça abriu a porta.

— Ela chegou, Duque.

Havia outro homem no apartamento, este mais alto, moreno, vestindo um *blazer* elegante. Mas tão preocupado quanto o primeiro.

— Por que atrasou tanto, Lena? — perguntou o mais baixo.

— Tudo deu errado.

— O que deu errado?

— A polícia me reconheceu no metrô. Dois tiras. Meu coração ainda está pulando.

– Guardou a boneca no seu apartamento?

Lena engoliu em seco: teria de revelar a verdade.

– Não a trouxe...

– O quê? – exclamou Duque. – Ouviu, Bóris?

O baixo e ruivo, Bóris, puxou Lena para o interior do apartamento e apertou-lhe o braço, exigindo explicação. Estava furioso.

– Tive de me livrar dela... Me largue, por favor!

– Brincadeira tem hora – disse Bóris, sem largar a moça. – Está querendo nos passar pra trás?

– Meu braço... – gemeu Lena.

– Solte-a, vamos ouvir o que tem a dizer – ordenou Duque.

– O que você fez, jogou a boneca pela janela do trem?

Massageando o braço, Lena contou:

– Deixei a boneca com uma garota no metrô. Não podia ser presa com ela, podia?

– Mentira! – urrou Bóris. – Aposto que não há boneca alguma!

Duque, mais calmo, queria respostas esclarecedoras.

– Deixou a boneca com uma garota qualquer, sem saber quem era?

– Chama-se Elaine.

– Onde ela mora? – insistiu Duque.

– Perto de um viaduto, com a avó.

– Que viaduto? – perguntou Bóris dessa vez, pondo uma dose de bebida num copo.

– Não houve tempo para dizer.

– Quer dizer que ela está perdida? – berrou Bóris, fora de si, já investindo sobre Lena como um bólide. – Está?

– A gente pode encontrá-la.

– No meio de quinze milhões de pessoas? Está louca?

Lena recuou, dizendo:

– Ela deu uma indicação a mais. Qualquer coisa que não consigo lembrar. Os tiras me pregaram um grande susto. Houve uma confusão no metrô. Ainda estou muito nervosa.

– Você vai ter de lembrar – exigiu Duque.

– Ou lembra, ou morre – ameaçou Bóris.

Lena sacudiu a cabeça, concordando: lembrava ou morria.

– Volte para seu apartamento – decidiu Duque. – Descanse e procure se lembrar. Sua vida está em jogo.

Sem dizer mais nada, Lena saiu do apartamento. No corredor, pensou ainda em fugir, mas novamente não teve coragem. Bóris tinha faro de lobo e a encontraria. Mas o que Elaine lhe dissera, qual fora a dica para localizar seu endereço?

7
O CAPTAIN SILVER NA TEVÊ

Elaine e Vítor foram dançar, ela apenas para lhe provar que não havia rival algum. Ele era um ciumento terrível, no que tinha certa razão, pois sempre havia uma legião de admiradores fazendo convites a sua namorada. Elaine, pensava, podia até gostar muito dele, mas ela e a avó viviam tão precariamente, na corda bamba, que seria sensato um casamento com um rapaz mais velho, com uma carreira definida. Vítor admitia essa possibilidade e sofria.

Quando saíram, vovó Selma ligou a televisão. A gata Christie aninhou-se sobre suas pernas. Ficou aguardando o telejornal, que nunca perdia para não se desligar do mundo. Esperava o noticiário pensando em Elaine. O que seria da neta quando o cofre se esvaziasse, já que não podia contar muito com a venda dos bombons? Elaine brevemente poderia trabalhar, assim que concluísse o segundo grau, mas que salário ganharia, tão jovem? E ela, Selma, aos sessenta anos, conseguiria emprego num país onde as pessoas são consideradas velhas aos quarenta? Problemas.

Surgiu na telinha outra reportagem sobre o roubo do Captain Silver. Devoradora de livros, vovó Selma lembrou-se que Captain Silver era o nome de um pirata do romance *A ilha do tesouro*, de Robert Louis Stevenson. Voltando à reportagem, a câmera mostrava a joalheria e seu proprietário, Jorge R. Abdala, tendo ao lado um conhecido repórter, que se dirigiu ao público em tom sensacionalista.

– O Sr. Jorge Abdala tem uma notícia para a população. Ele mesmo vai anunciar.

Emocionado, o dono da joalheria disse:

– Estou oferecendo uma boa quantia a quem fornecer uma informação precisa sobre o destino dos assaltantes.

– Uma quantia de dar água na boca – acrescentou o repórter.

– Cem mil dólares!

– Cem mil dólares! – repetiu o repórter. – Uma fortuninha nesses tempos duros de inflação e falta de dinheiro. Cerca de cinco por cento do valor do diamante, que é este – acrescentou, exibindo em *close* um retrato do ofuscante Captain Silver. – Brilha como uma estrela, não? Sobre os assaltantes, por enquanto só sabemos informar que eram três, dois homens e uma mulher, sendo que um deles já foi identificado. – E mostrando outro retrato: – Bóris Miron, apelidado "o Carniceiro", fugitivo da penitenciária, responsável por muitos assaltos e crimes de morte.

Vovó Selma ajeitou-se melhor na poltrona. Bóris pareceu-lhe um bandido de filmes policiais. A própria gata Christie olhou para o televisor assustada.

A câmera focou novamente o proprietário da joalheria.

– Era meio-dia quando uma moça vestida de amarelo entrou na loja. O diamante estava na vitrina. Certamente quando fechávamos o estabelecimento ele e as joias eram guardadas no cofre.

– Não era arriscado deixar um diamante tão valioso na vitrina? – quis saber o repórter.

– Tínhamos dois seguranças e um bom sistema de alarme, além do que, eu e um balconista estávamos armados. E o diamante ficaria na loja por cinco dias apenas, como propaganda.

– E a moça, o que disse ao entrar?

– Ela entrou para comprar um anel. Nem olhou para o Captain.

– E comprou?

– Sim, e já ia se retirando, quando entrou um homem muito bem-vestido. Reconheceram-se e conversaram animadamente. Como era hora do almoço, um dos seguranças havia ido a uma lanchonete, nas vizinhanças. Não costumam demorar mais do que quinze minutos. Mas parece que os assaltantes sabiam disso. Por fim, chegou o terceiro.

– Bóris Miron?

– Ele mesmo, baixo e quase calvo. Dirigiu-se a mim com um sorriso. Trazia um jornal dobrado nas mãos. "Vim comprar o Captain Silver", disse. Depois: "Sou secretário de um dos reis da soja, este que saiu na primeira página", e desdobrou o jornal como se fosse mostrar um retrato. A essa altura, a moça de amarelo com um pequeno revólver imobilizava o segurança, enquanto seu companheiro cortava os fios do alarme com um alicate. Parecia especialista nisso.

– Então já haviam visitado a loja?

– Certamente, usando disfarces. – E continuou: – Bóris com a coronha do revólver quebrou a vitrina por dentro e apanhou o diamante, retirando-o de sua caixa aberta. Tudo muito depressa, tudo nervosamente... Mas vi quando ele passou o diamante para a moça, que, segundo o que já devia estar combinado, abandonou a loja ligeira. Os outros ficaram apontando as armas para nós.

– Ouvindo a descrição, vovó Selma tinha a sensação de assistir ao assalto, porque a câmera mostrava os vendedores, o lado interno da vitrina e o vidro quebrado.

– Então o segundo segurança chegou – prosseguiu o joalheiro – e logo viu Bóris e o outro armados. "Vá para o fundo da loja", ordenaram os dois. Mas ele não fez isso. Como estava perto da porta, saltou para a rua.

– E os assaltantes?

– Fugiram imediatamente, misturando-se com o povo. Apenas soubemos que tomaram rumos diversos.

A reportagem não terminava aí. Havia um corte para a delegacia, onde o delegado, doutor Maranhão, confirmava que Bóris Miron, o Carniceiro, era um dos assaltantes e adiantava que já conhecia também a identidade da moça, conseguindo até mesmo localizar uma parenta, costureira, que morava na periferia da cidade.

– O que podemos garantir – assegurou o delegado – é que todas as saídas da cidade estão vigiadas: estações de trem, aeroportos e bocas de estrada. Não fugirão.

Vovó Selma concentrou-se por um instante no diamante que valia milhões e comparou-o às suas joias de valor tão reduzido. Somente uma gratificação, como a prometida, poderia garantir o sustento de Elaine, dela própria e da gata. Melhor nem pensar nessas coisas. Ia começar a telenovela.

8
LENA NO ESCURO

Lena entrou no quarto do hotel, despiu-se e atirou-se na cama sem acender a luz. Quem sabe a escuridão a ajudasse a lembrar do detalhe que possibilitaria a localização da garota do metrô. Mas os fatos do dia ainda estavam quentes em sua memória, faziam vibrar seu sistema nervoso.

Quando Duque, na loja, lhe passou o diamante, disse:

— Saia sem correr.

Lena não obedeceu totalmente. A pressa era tanta que parecia uma fuga. Olhou para trás e viu alguém sair da joalheria correndo, a gritar. Algo dera errado. Perdeu ainda mais o controle. Se continuasse a andar naquele ritmo chamaria a atenção de muita gente. Entrou numa loja. Dezenas de pessoas faziam lá suas compras de Natal. Para fingir-se de compradora, aproximou-se de um dos estandes de venda. Alguém que acabara de assaltar uma joalheria não entraria numa loja para fazer compras. Lá estava a boneca Maitê dos comerciais de televisão, que muitos compravam. Se andasse pelas ruas portando aquela boneca, sua meiguice loira talvez a tornasse totalmente insuspeita. Uma moça que leva uma boneca, presente natalino para alguma menina, não podia carregar na bolsa um revólver e um diamante roubado.

— Me dê aquela boneca — pediu a uma balconista.

De posse da nota de compra, Lena pagou no caixa, mas ao chegar no departamento de embalagem já havia tido outra ideia. Levar a Maitê sem papel de embrulho, sem caixa. Um simples pacote pareceu-lhe pouco para transmitir uma imagem digna, de fragilidade, de ternura.

— Como, quer a boneca sem a caixa? — perguntaram-lhe no departamento.

— Tenho em casa uma caixa mais bonita — disse ela, pegando a Maitê e saindo por uma porta lateral da loja.

Ao ganhar novamente a rua, Lena considerou que não seria prudente voltar para o hotel. E se tivessem apanhado Bóris e Duque? Certamente seriam forçados a dizer onde estavam hospedados. Parou numa fila de ônibus atraída pelo nome dum bairro distante na placa. Lá morava Priscila, uma prima que, embora contra a vontade, a escondera certa vez. Era o único lugar onde poderia fazer hora até que soubesse o que acontecera a seus comparsas.

Foi durante o longo trajeto, com o ônibus lotado, que Lena teve outra ideia. O medo excitava sua criatividade. Num filme exibido no cinema, uma quadrilha de narcotraficantes escondera uma carga de cocaína dentro de uma boneca. A Maitê poderia ocultar o diamante. Priscila, costureira, faria a operação num abrir e fechar de olhos. Mágica salvadora, principalmente no caso de Bóris e Duque já estarem presos. Aliás, se isso tivesse acontecido, seria melhor para ela, pois não acreditava que aqueles dois lhe dessem a terça parte do que apurassem pelo Captain Silver, como haviam prometido.

Depois de descer do ônibus, Lena teve ainda de caminhar algumas quadras para chegar à casa de cômodos onde a prima morava. Transpôs o portão aberto e dirigiu-se aos fundos, até um quintal que dava acesso para os quartos de aluguel. Ouviu logo o ruído contínuo da máquina de costurar de Priscila. A porta do quarto estava apenas encostada, porque, muito pequeno, era insuportavelmente abafado.

Ao ver Lena entrar, Priscila interrompeu seu trabalho, assustada. Era mais velha que a prima e não tinha sua boa aparência. Uma moça simples, escravizada à sua máquina, com ares de sofredora.

— O que veio fazer aqui? — perguntou, agressiva. Chega de complicações.

– Já lhe causei complicações?

– Na última vez, quando passou uns dias aqui, a polícia apareceu depois à sua procura. Quase me prendem. Minha sorte foram os vizinhos, que sabem quem eu sou.

– Não sabia disso, prima. Mas pretendo ficar com você apenas algumas horas.

– Ninguém a seguiu?

– Garanto que não. Estou muito alerta hoje.

– No que se meteu desta vez? Drogas?

– Não, Priscila, em algo muito mais valioso. Veja isto – disse, tirando o Captain Silver da bolsa. – Parece um pedaço de lua cheia, não? Vale milhões de dólares.

– Roubou de onde?

– Só poderia ser de uma joalheria. Eu e meus sócios. E queria um favor seu.

Priscila reagiu depressa:

– Se quer que guarde essa pedra não conte comigo.

Lena procurou tranquilizá-la também depressa:

– Não é isso. Quero que esconda o diamante dentro desta Maitê. Faça uma costura bem discreta. Entendeu?

– Depois você pega seu caminho?

– Claro. Mas, enquanto trabalha, vou telefonar. Vi um orelhão aí perto. Volto em cinco minutos.

Pegando a boneca e o diamante, Priscila começou o trabalho. Queria livrar-se da prima em minutos.

Lena dirigiu-se à esquina da rua onde havia um ponto telefônico e ligou para o hotel. Se ninguém atendesse, tentaria fugir da cidade, sem sua mala, naquele dia mesmo. Ela e a Maitê.

– Quem fala?

Lena reconheceu a voz de Duque.

– Lena.

– Lena, onde você está?

– Longe. Bóris está bem?

– Escapamos. E a pedra?

– Está sendo colocada dentro duma boneca.

— Dentro do quê?

— Duma boneca. Estou na casa daquela minha prima, a costureira.

— Volte depressa, precisamos decidir o que fazer.

Lena voltou à casa de Priscila. Ela lhe entregou a boneca.

— Está pronto.

— Quanto lhe devo?

— Nada.

Apesar da negativa, Lena abriu a bolsa e jogou sobre a máquina de costura algumas cédulas.

— Obrigada — disse, dirigindo-se à porta.

Priscila, menos dura, perguntou:

— Não tem medo de entrar nessas coisas?

— Morro de medo — confessou Lena. — Mas coragem mesmo tem quem leva uma vida como a sua, presa neste quarto. Não suportaria.

— Um dia te pegam — advertiu-a a prima.

— Esta é minha última aventura — disse Lena. — Quando vendermos a pedra, meu futuro estará garantido. Adeus.

Lena saiu da casa de cômodos andando com naturalidade. Fazia tanto calor que não se animou a entrar num ônibus. Seria mais confortável e talvez mais seguro pegar o metrô. Já estava bem próxima da estação quando reconheceu ter cometido uma falha. Deveria ter arranjado outro vestido com a prima. Agia como amadora, andando ainda com o amarelo. Tarde para voltar atrás.

• • •

Horas depois, deitada em seu apartamento no hotel, Lena procurava imaginar como os tiras a haviam reconhecido. Teria sido casualmente, ou já estariam rondando a casa da prima? Mas havia outro problema preocupante: o que a garota do metrô dissera como indicação de seu endereço? Qual fora a dica, que no momento lhe parecera tão fácil de gravar?

9
UMA NOBRE DECISÃO

Elaine voltou muito triste para o apartamento naquela noite. Felizmente pôde desabafar com vovó Selma, que ainda assistia à televisão.

– O Vítor está mesmo morrendo de ciúme. Acha que inventei esse caso da boneca. Brigamos por causa disso.

– É feio duvidar assim da namorada.

– Minha vontade é jogar a Maitê no Minhocão.

– Não faça isso, dê ela de presente.

– Para quem?

– Dê para a Gabi. A menina está tão melancólica. Aliás, a família toda está assim. O dono do apartamento ganhou a causa.

– Vão ser despejados, vó?

– Mudam amanhã para uma favela da Marginal.

– Eles não podiam mais pagar o aluguel?

– Com esses aumentos, quem pode? – E concluiu, preocupada: – Temo que isso aconteça conosco, algum dia. A vida anda muito difícil.

Elaine recolheu-se ao seu quarto. Coitadinha da Gabi! Tinha muita pena dela. Sempre lhe levava os bombons de chocolate que vovó Selma fazia. E também velhos livros de estudo. Daria, sim, a Maitê para a mirradinha Gabi do primeiro andar.

Não conseguiu dormir logo. O cavalo iluminado, o imenso *outdoor* de neon vermelho, publicidade duma marca de cigarro, lá estava, acendendo e apagando, a jogar luzes e cores dentro de seu quarto.

10
JÁ LEMBROU DAQUILO, LENA?

Batidas na porta do apartamento de Lena. Já era noite. Ela abriu: Duque, sempre imitando maneiras fidalgas. Insistia em não ser grosseiro como Bóris, mas seria mais humano?

– Bóris está embriagado – disse. – Completamente anestesiado.

– Costuma virar fera quando acorda de ressaca.

– Bom que saiba disso. Já lembrou?

– Lembrei do quê? – perguntou Lena, apenas para ganhar mais alguns segundos e excitar a memória.

– A dica que a garota lhe deu...

Lena bebeu um longo gole dum refrigerante. Aquela situação dava-lhe uma certa febre interna. E muita sede.

– Não ainda.

– Mas houve a tal dica?

– Houve, sim. Teria lembrado facilmente, se não fosse tanta confusão.

– Bóris ainda acha que mentiu, que não houve boneca nem garota alguma. E tem suas razões, querida. Parece coisa inventada.

Lena sentou-se na cama e levou as duas mãos à cabeça, como se, apertando-a, a memória funcionasse melhor.

– Uma coisa banal... Uma indicação muito simples.

Foi a vez de Duque sentar-se. Confessou:

– Gosto de você, não queria vê-la morta. Sabe que o Carniceiro matou muita gente, não?

– Sei, sei... – lamuriou-se Lena.

– Eu mesmo vi. Uma vez, um gerente de banco que se recusou a abrir o cofre. Outra vez foi numa fazenda. Nós no carro e o fazendeiro a cavalo...

Uma luz brilhou nos olhos de Lena.

– Cavalo...

– Mas o animal não sofreu nada. O dinheiro não era dele – brincou Duque.

Lena levantou-se com aquela luz nos olhos brilhando ainda mais.

– Lembrei – gritou. – Você acaba de me refrescar a memória!

– Falando do cavalo?

– Ela mora diante dum cavalo iluminado a neon! Propaganda de certa marca de cigarros!

– Acho que já vi esse anúncio! Tem alguns nos pontos de maior movimento da cidade.

– Um cavalo iluminado! Vermelho!

– Uma bela referência! Vamos falar com o Bóris, antes que mate nós dois.

Lena e Duque transferiram-se para o outro apartamento. Bóris, sobre a cama, dormia com a boca aberta. Havia um cheiro forte de álcool em todo o apartamento.

– Bebeu uísque uma barbaridade. Dormirá a noite toda.

– Vamos percorrer de táxi os viadutos? – sugeriu Lena. – À noite será mais fácil localizar um luminoso.

– Depois que você tirar esse vestido amarelo.

11
UMA MAITÊ PARA GABI

O caminhão de mudança, na verdade, uma velha caminhonete, chegou cedo. Vovó Selma viu-o pela janela e avisou a neta. Se pretendia dar a boneca a Gabi que se apressasse. Elaine vestiu-se rapidamente e, mesmo sem tomar o café da manhã, desceu levando a Maitê. Sua avó também desceu para despedir-se da família. Mudança de pobre é breve e nada quebra. Logo os trastes da família foram agrupados na carroceria. O pai e a mãe de Gabi viajariam com o motorista, e atrás, com a mobília, Gabi e seus dois irmãos, mais velhos que ela. Enquanto vovó Selma abraçava seus velhos amigos de Minhocão, Elaine entregava a Gabi o presente.

– Para você, Gabi.

– Mas é uma Maitê!

– Você merece muitas Maitês. Felicidades para vocês todos.

E, para não chorar, comovida, Elaine entrou no prédio.

Vovó Selma permaneceu mais um pouco na rua, despedindo-se e acenando.

Ia voltar para o apartamento quando deu com Vítor, que devia ter levantado mais cedo que de costume. Olhava para o caminhão.

– Não é a Maitê da Elaine? – perguntou.

– Elaine deu de presente à Gabi, que morava no primeiro andar. A família dela está mudando para uma favela. Como tanta gente neste país. Mas o que foi? Madrugou?

– Não dormi bem esta noite – disse Vítor. – Ontem fiz uma bobagem, brigando com Elaine por causa da boneca.

– Fez, sim. Elaine gosta de você, não tem outro namorado. Mas o resultado foi bom. Gabi ganhou seu presente de Natal! Elaine gosta tanto dela!

Vítor tomou uma decisão no justo momento em que a caminhonete partia.

– Não diga à Elaine que me viu. Vou até o Arouche e volto num instante.

● ● ●

Elaine e a avó já haviam tomado café quando tocaram a campainha. Aberta a porta, Vítor entrou com uma caixa.

– Para você, Elaine.

– Que é isso?

– Um presente.

– Às oito da manhã?

– Abra.

Vovó Selma, que já sabia do que se tratava, sorriu.

– Uma Maitê!

– Vi a que você ganhou com a Gabi. Nobre gesto, Elaine!

– Gabi é minha amiguinha. Mas não precisava comprar outra. Quem disse que gosto de bonecas?

– Quis apenas mostrar que... – embaraçou-se – bem, mostrar que acredito naquela história do metrô.

– Não era história.

– Eu sei... A tal moça de amarelo era estranha, mas acredito em tudo o que disse. Tchau.

– Já vai? Vovó está fazendo bombons.

– Vou sossegar minha mãe, que me viu sair como um rojão, mas volto – disse Vítor, saindo do apartamento.

33

Ela e vovó Selma riram. Um ciumento arrependido, que pagara bastante pelo ciúme. Quem lucrara fora Gabi, a única na favela que possuía uma Maitê.

Dona Selma foi para a cozinha e Elaine arrumava a sala quando voltaram a tocar a campainha. Ela abriu a porta e simplesmente tremeu nas bases.

— A senhora?

— Então se lembra de mim?

— Entre, entre...

— Lena entrou, não muito à vontade. Vestida não de amarelo, mas usando uma cor neutra e óculos escuros, quase não parecia a mesma moça.

— Eu não tinha seu endereço, mas lembrei que morava diante do anúncio do cavalo...

— Esperei a senhora na plataforma do metrô. — E cheia de curiosidade: — O que aconteceu? Aqueles homens a perseguiam?

— Por causa deles desci naquela mesma estação.

— Quem eram eles? Posso saber?

— Pessoas que não gostam de mim — ela respondeu vagamente.

— Pensei que fossem bandidos.

Lena riu, inexpressivamente.

— Não eram bandidos. Estou com um pouquinho de pressa. Vou viajar. Pode me dar a boneca?

Elaine confessou:

— Não entendi por que deixou a boneca comigo.

A resposta foi pronta:

— Nem eu... Estava tão confusa. Bem, como disse, tenho pressa.

Elaine decidiu não contar que a boneca já não era aquela, agradecendo mentalmente a Vítor, que a livrara dum grande embaraço. Foi ao quarto e voltou com a segunda Maitê, sem a caixa, como a recebera.

A moça pegou a boneca com as duas mãos, afobada, como se reencontrasse uma preciosidade perdida.

— Obrigada — respondeu simplesmente, já olhando para a porta.

Elaine não satisfizera sua curiosidade:

– Aqueles homens não a alcançaram?

– Já conversei com eles – respondeu Lena. – Agora está tudo em paz. Até um dia.

Elaine abriu a porta para a moça sair e imediatamente ouviu passos de vovó Selma.

– Quem esteve aí?

– Imagine! A moça do metrô! Veio buscar a Maitê.

– Mas tinha nosso endereço?

– Não – respondeu Elaine. – Apenas lhe disse que morávamos diante do anúncio do cavalo.

– Contou quem a perseguiu no metrô?

– Disse que já está tudo bem com aqueles homens. Ainda me pareceu uma mulher estranha. Continuava nervosa.

– Ainda bem que Vítor lhe deu outra.

– Verdade. Teria sido um vexame. Mas quer saber duma coisa? Ou essa moça é doida, ou está sob forte tensão.

12
UM BEIJO EM MAITÊ

Lena e Duque entraram no apartamento do hotel. Bóris, que não havia visto os dois saírem, pois dormira demais, arremeteu-se contra eles.

– Onde estiveram vocês?

A moça, que ocultava a boneca às costas, exibiu-a de impacto. Ao ver a Maitê, todo o ódio e a suspeita de Bóris desapareceram. Pegou a Maitê e deu-lhe um beijo estalado.

– Que bela loirinha!

– Lembrei da indicação que a garota do metrô me deu e a localizamos. Nada dissemos a você para fazer uma surpresa. Agora vamos cair fora.

– Nada de precipitação – ponderou Bóris. – Não conheço bons receptadores fora daqui.

– Quanto pagarão? – perguntou Duque, já se vendo rico.

– Apenas uma parte do que a pedra vale – supôs Bóris, acariciando a boneca. Vou ver um homem à tarde.

– Vou junto – disse Duque, que não confiava no comparsa.

– Pensa que quero fugir com a boneca?

– Apenas disse que vou junto – replicou Duque.

– Então iremos só nós. Lena espera no hotel. Não é seguro andarmos juntos os três.

Com receio de ser abandonada no hotel depois da venda, Lena quis protestar, mas não o fez. Bóris assustava-a e temia enfurecê-lo.

13
NOTÍCIAS NA HORA DO ALMOÇO

Enquanto almoçavam, vovó Selma e Elaine tinham o hábito de assistir à televisão. As primeiras notícias, como sempre, foram as locais. Novamente estava em foco o assalto à joalheria. Reprisando a cena da véspera, logo apareceu o joalheiro prometendo os cem mil dólares a quem ajudasse a recuperar o Captain Silver.

– Gostaria que fosse eu – brincou Elaine.

Mas havia notícias mais frescas, transmitidas pelo próprio doutor Maranhão, que cuidava do caso.

– Como se sabe, um dos assaltantes, provavelmente o chefe deles, é o conhecido Bóris Miron, o Carniceiro. – E exibiu um retrato do delinquente que ocupou toda a tela. – Já identificamos também o segundo elemento do grupo, a moça, que se chama Lena Ruiz. Ontem, dois investigadores a reconheceram na periferia, onde foi visitar uma parente, e a seguiram num trem do metrô. Houve, porém, uma confusão e ela conseguiu escapar.

Elaine, com os olhos no televisor, interrompeu o movimento que fazia com o garfo.

– Vó!

Diante da câmera, o delegado prosseguia:

– Se vocês virem esta mulher, comuniquem-se imediatamente com a polícia.

Retrato de Lena na tevê. Elaine saltou da cadeira.

– Vó, é ela!

– Ela quem?

– A moça do metrô! A que me deu a boneca!

– Tem certeza?

– Mas acabou de sair daqui! Ela mesma, vovó! Os homens que a seguiam eram da polícia.

Vovó Selma, embora estarrecida, não perdeu a capacidade de ponderar:

– Uma mulher perseguida pela polícia sairia pelas ruas, em pleno dia, para reaver uma boneca? Faz sentido?

– É... não faz muito. Afinal, uma Maitê não custa tão caro assim, e, sendo uma novidade da fábrica, não seria um objeto de estimação. Um enigma, vó.

– Para quem lê romances policiais há quase meio século, todos os enigmas têm uma explicação.

Elaine enrugava a testa para pensar melhor.

– Por que teria deixado a boneca comigo? Acho que aí é que está a questão.

– E quis saber seu nome e onde morava, certamente para não perder a boneca de vista.

– Mas por quê, vovó? Por quê? – indagou Elaine, angustiada com o mistério.

Vovó Selma ficou em silêncio, contraída, pensando, e depois, com um olhar inteligente, anunciou:

– Já sei por quê.

– Sabe, vó? Então diga.

– Porque o Captain Silver estava dentro da boneca.

Um clarão iluminou a mente e os olhos de Elaine.

– Dentro da boneca! – exclamou.

– Isso mesmo. Posso apostar – reafirmou vovó Selma, segura. – Maitês existem aos milhares nas lojas. Mas só aquela interessava à moça do metrô.

Elaine deu um apertão no braço da avó.

– A senhora é um gênio! Só pode ser isso. O diamante estava na boneca!

Mas vovó Selma não se mostrava feliz com a descoberta.

– Isso significa que perdemos a recompensa de cem mil dólares! Jogamos pela janela um bilhete premiado.

Elaine lembrou-se de Gabi.

– É mesmo... O diamante foi para a favela!

– Adeus apartamento próprio, adeus conforto, adeus tudo...

Campainha.

Elaine foi abrir a porta: Vítor. Continuava com a cara de arrependido pela ciumeira.

– Tudo bem com vocês?

– Tudo mal – respondeu a namorada. – Tivemos cem mil dólares aqui em casa e perdemos.

Vítor não entendeu. E dava?

– Que fantasia é essa? Perderam cem mil dólares?

– A boneca, Vítor. Aquela que a moça de amarelo me entregou. Havia nela um diamante que valia milhões! E a recompensa para quem a recuperar é de cem mil.

Vítor estava por dentro do noticiário.

– Refere-se ao diamante que foi roubado, o Captain Silver?

– Esse mesmo – confirmou Elaine. – A moça pertencia à quadrilha.

– Mas onde está a boneca?

– Qual delas? Uma, a que você me deu, a bandida veio buscar; a outra, a do diamante, lembra?, foi para a favela com a família da Gabi.

Vítor precisava de mais algum tempo para entender tudo.

– Tem certeza de que a moça do metrô participou do assalto?

– Elaine a reconheceu pela televisão – disse vovó Selma.

– Mas o noticiário não falou de nenhuma boneca, falou?

– Isso fui eu que deduzi – esclareceu dona Selma. – Devido ao interesse da quadrilha pela Maitê. Certamente colocaram o diamante na barriga da boneca para ludibriar a polícia. Parece claro, não?

Vítor admitiu que sim. Mas...

– Não entendo uma coisa. Por que dizem que perderam o dinheiro da recompensa?

– Porque a Maitê está longe – lamentou dona Selma.

– Mas não no fim do mundo! – exclamou Elaine. – Vítor, você está com o carro aí, não está?

– Estou, e com o tanque cheio.

– Então estamos perdendo tempo! – disse Elaine. – Podemos chegar lá em meia hora. Vamos, Vítor!

– Vamos! – ele concordou, decidido. Mas vendo que Elaine não se mexia, disse: – Então não fique aí parada. Quer perder os cem mil?

– Estava pensando – murmurou Elaine.

– Pensando em quê?

Nisso:

– Os bandidos logo vão descobrir que não estão com o diamante... E o que farão?

Vítor perdeu o impulso; surgira um porém...

– Voltarão, e não para comer os bombons da vovó Selma. Um deles, Bóris, é um homicida dos piores.

Vovó Selma decidiu:

– Podem ir. Vão buscar o diamante, crianças. Não abrirei a porta para ninguém, creiam. Vocês, quando voltarem, deem três toques. Não ligarei a televisão nem o rádio para que não ouçam.

– A senhora não tem medo? – perguntou Vítor, admirado.

– Meu maior medo é de um dia ser despejada como a família da Gabi. Medo, aliás, de muita gente. Vão em paz e ligeiro. Não abrirei a porta nem para meu anjo da guarda.

14
O DESTINO CONTINUA MAU PARA GABI

A caminhonete aproximava-se da favela levando a família de Gabi e seus trastes. Mirradinha, em seu vestido pobre, Gabi era a única pessoa de sua família que sorria durante a viagem. Mais que isso, sentia-se muito feliz por ter ganho a famosa boneca da televisão. Ao contrário dela, seus pais e irmãos mantinham-se cabisbaixos, já odiando a favela.

— Estamos chegando — observou um dos irmãos de Gabi.

Logo em seguida a caminhonete estacionava diante de uma carreira de casas de madeira, umas caindo sobre as outras, ao lado da avenida que marginava a cidade. Lugar feio para morar. O irmão mais velho de Gabi ajudou-a a descer; a caminhonete já cercada por parte dos moradores da favela, que vinham conhecer os novos vizinhos.

O pai de Gabi apontou para uma casa feita de pedaços de velhos cartazes retirados da avenida. Parecia um desenho feito por crianças. A porta era toda um anúncio de refrigerante, sobre a qual o telhado mal se sustentava.

— É isso aí — disse à mulher e aos filhos.

A mãe de Gabi fez uma cara de quem sentia dor.

— Nunca pensei que um dia moraria numa casa assim — disse.

— Vamos ajudar o motorista a descarregar os móveis — ordenou o pai de Gabi.

Gabi permaneceu fora da casa com a boneca nos braços, orgulho-sa ao sentir que outras meninas a olhavam com inveja, pois em nenhuma favela da cidade deveria haver outra Maitê. Fixavam os olhos na boneca, vendo nela uma fada que para todas só existia na televisão.

Num momento em que todos os familiares de Gabi estavam dentro da casa, transportando a mobília com o motorista, aconteceu o inesperado. Alguém, por trás, lhe puxou a Maitê dos braços, com força e decisão. Depois, viu um menino pouco maior que ela correndo a toda a velocidade, embora mancasse ligeiramente de uma das pernas. O choque foi logo sucedido pelas lágrimas.

Um dos irmãos de Gabi saiu do casebre.

— Roubaram minha boneca — disse, chorando.

Uma menina adiantou-se e apontou.

— Olhe ele lá!

O irmão de Gabi começou a correr na direção em que o trombadinha desaparecia.

15
UMA OPERAÇÃO NA BONECA

Bóris e Duque foram recebidos no elegante apartamento dum edifício luxuoso. Lá morava a pessoa que vivia de comprar e vender joias roubadas, principalmente as de grande valor. Recebeu-os um homem calvo, vestido de maneira esportiva.

— O doutor já vem — disse, mas não saiu da sala, permanecendo a olhar curiosamente para o embrulho trazido pelos visitantes.

Depois de alguns minutos, ouviu-se um ruído intervalado e entrou na sala um homem apoiado em muletas, baixo e encorpado, com cara de estrangeiro. O que mais chamava a atenção nele era seu olhar alerta e desconfiado.

— Prazer em recebê-los — cumprimentou.

O homem calvo ajudou o "doutor" a sentar-se numa poltrona.

— Trouxemos o diamante — comunicou Bóris. — Foi uma proeza. Pensava que não conseguiríamos, não? Mas o Duque esteve duas vezes lá, de peruca, e viu como funcionava o sistema de alarme da joalheria.

O doutor não se mostrou interessado nos detalhes do assalto.

— Mas a polícia já sabe que você está metido nisso.

— E por esse motivo quer me oferecer menos. O Captain vale milhões.

— Vale na loja, adquirido legalmente. Eu não poderei negociá-lo dizendo que se trata duma pedra roubada. E um diamante cortado, dividido, perde valor.

— Quanto vai pagar?

— Quinhentos mil e nenhum centavo a mais. É negócio perigoso, Bóris. Sua cabeça está a prêmio.

— Nunca denunciei um receptador — garantiu o Carniceiro, irritado.

— Mas nunca roubou nada tão valioso. Se for apanhado, obrigarão você a contar tudo.

— Quinhentos é pouco, doutor. Somos três.

– É o que vou pagar.

O homem calvo abriu a boca:

– Podemos ver a pedra?

Bóris desembrulhou a boneca.

– Está dentro dela.

– Comprei uma igual para minha netinha – disse o doutor. – Um encanto de boneca. Mostre, Bóris.

– Preciso duma faca ou canivete.

– Vou buscar – prontificou-se o homem calvo, saindo da sala.

– Sua oferta me decepcionou – disse Bóris.

– Não seja excessivamente ambicioso. Eu também não lucrarei muito.

– Mas eu arrisquei a pele.

– Cada um em seu ofício, Bóris.

O homem calvo voltou com uma faca afiada e pequena.

– Vai abrir, doutor? – perguntou.

– Deixe Bóris fazer isso. Ele tem mais experiência em cortar...

Bóris pegou a faca, deu um talho na barriga da boneca e enfiou o dedo. Não encontrou a pedra. Com a lâmina, abriu mais o corte e, dessa vez, enfiou três dedos. Nada.

– Rasgue as costas dela – sugeriu Duque.

Bóris fez novo talho, e como seus dedos não tocassem o diamante, perdeu a paciência e começou a arrancar o enchimento da boneca.

– Onde está o maldito diamante?

– Abra a cabeça – disse Duque, também nervoso.

Bóris decepou a cabeça de Maitê e espalhou no tapete todo o seu conteúdo.

– Não encontro. Veja você – disse a Duque, passando-lhe o que restava da boneca.

Impassíveis, o doutor e o homem calvo assistiam à cena como se ela fosse parte duma farsa. Estariam aqueles dois pensando que receberiam o dinheiro sem mostrar o diamante?

Duque não tinha mais o que rasgar.

– Não está aqui.

43

Bóris, feroz, urrou:

– Vamos matar Lena. É coisa dela. Nos enganou.

– Não pode ser – atalhou Duque. – Esperei Lena na porta do prédio quando foi falar com a garota do metrô. Não teria possibilidade de trocar a boneca...

– Pode ser que a pedra nunca tenha estado na boneca. Foi tudo invenção. Deve ter fugido com ela.

Duque levantou-se.

– Vou telefonar.

O homem calvo passou-lhe um telefone sem fio.

Duque discou nervosamente e, quando a telefonista do hotel atendeu, pediu para falar com o apartamento de Lena. Como a ligação demorasse a se completar, já dava razão a Bóris – sim, ela fugira – quando ouviu uma voz conhecida.

– Alô.

– Lena? É o Duque. O que aconteceu? Não havia pedra nenhuma dentro da boneca. Como explica isso?

Bóris tirou o aparelho da mão de Duque e falou a Lena:

– Se não foi você, foi sua prima quem aprontou essa. Há cem mil dólares de recompensa. Vamos fazer uma visitinha a ela. Os três. Espere na porta do hotel. Passaremos por aí em quinze minutos. – Desligou. – Vamos, Duque.

Enquanto saíam, o doutor dizia:

– Por favor, não voltem aqui. Telefonem que eu irei ao encontro de vocês. Ouviram?

O doutor acompanhou-os até a porta e ao voltar viu o homem calvo remexendo no enchimento da boneca espalhado no chão. Abandonou as muletas, que só usava diante de visitas. Inválidos são menos suspeitos de atividades criminais.

– O que achou de tudo?

– Esse tipo de gente sempre age assim. Um engana o outro. Graças a isso às vezes levamos vantagem...

16
O NOME É ZIZO

O irmão de Gabi voltou à favela cansado, a passos arrastados. Correra muito e acabara perdendo o trombadinha de vista. O outro irmão o esperava.

— O moleque correu mais do que eu. Nunca vi um manquinho correr assim.

— A Gabi ainda está chorando.

— Perdemos o cara. Mas o pessoal daqui conhece o trombadinha. O nome é Zizo. Um garoto manjado.

Nesse momento, um fusca caindo aos pedaços passava lentamente pela favela.

— É a moça que deu a boneca para Gabi, a Elaine! — exclamou aquele que perseguira o trombadinha.

Vítor estacionou o carro. Os irmãos de Gabi aproximaram-se.

— Olá! — cumprimentou-os Elaine.

— Mudamos para aquela casa.

— Quero falar com a Gabi.

— Está chorando — respondeu o mais velho.

— Chorando, por quê?

— Roubaram a boneca que você deu pra ela.

A pancada foi tão forte que Vítor encostou no carro. Tanta corrida por nada!

17
VISITA DE AMIGOS PARA PRISCILA

Lena fez o que Bóris mandara: esperou o táxi à porta do Emperor Park Hotel. Logo chegaram os dois. Ela deu ao motorista o endereço da prima.

Lena viajava de cabeça baixa. Não podia entender o gesto da prima. Priscila, ladra? Como, se tanto a censurava e nem mesmo a queria receber? Fora sempre uma verdadeira máquina: trabalhava e mais nada. O brilho do Captain Silver teria lhe ofuscado os olhos e a mente? Joias causariam loucura e dependência como as drogas? Não podia esquecer, porém, que não vira Priscila costurar a pedra dentro da boneca. Ela teria se apoderado do diamante e fugido para exigir a recompensa? Maior insensatez seria ter permanecido em seu quarto, sabendo que ela, Lena, agia com cúmplices perigosos.

Bóris, a seu lado, também se preocupava.

— Acha que ela ainda está em casa?

— Como posso saber?

Falando baixo para não ser ouvido pelo motorista, insistia no assunto:

— Vocês têm outros parentes que a escondessem?

— Somos só nós duas e mais ninguém.

Bóris:

— Reze para que a encontremos. Você é responsável por tudo. Lembre-se disso.

Lena abaixou ainda mais a cabeça. Bóris podia até pensar que as duas tivessem planejado aquilo. Cúmplices. Absurdo, porque ela não precisaria de Priscila para apoderar-se do diamante. Bóris, contudo, não era capaz de pensar logicamente. Sabia usar as mãos; a cabeça, não.

O táxi parou nas vizinhanças da casa de Priscila, próximo ao metrô em que Lena tivera a má sorte de embarcar. À medida que se aproximavam, Lena ficava mais tensa. Se pudesse fazer o tempo retroceder, não participaria do assalto, mesmo se o Captain Silver valesse dez vezes mais.

— Vá você na frente — ordenou Bóris.

Lena transpôs o portão e seguiu para o cômodo com entrada pelo quintal, onde a prima morava. Ouviu o ruído de sua máquina de costura. Não fugira! Uma loucura, caso fosse culpada. Empurrou a porta, encostada, e entrou.

Ao ver Lena, a costureira assustou-se como da vez anterior.

— Eh! Por que voltou?

18
ELAINE E VÍTOR PERTO DOS CEM MIL DÓLARES?

Elaine e Vítor entraram na casa de Gabi, que só dispunha de dois pequenos cômodos e uma cozinha. No segundo, havia uma cama de casal e outra, pequena, onde Gabi estava deitada, chorando. Sua mãe, com uma panela na mão, ainda tentava consolá-la.

— Gabi, sou eu — disse Elaine.

A menina parou de chorar quando viu Elaine e Vítor.

— Roubaram a Maitê — falou, triste.

— Seus irmãos me contaram.

A mãe de Gabi não entendia a razão da visita.

— Vocês vieram apenas para nos ver?

Elaine não poderia revelar o verdadeiro motivo. Entenderiam?

— Sempre visitamos as favelas, íamos passando quando seus filhos nos reconheceram.

— Você foi muito boazinha, minha filha. Gabi sonhava com uma Maitê. Mas passou um trombadinha e arrancou a boneca dos braços dela. Ela pode até ficar doente de tanto chorar. Se tivéssemos dinheiro, compraríamos outra, mas gastamos tudo na mudança.

Elaine tirou algum dinheiro da bolsa.

— Para outra Maitê não dá...

— Gabi — disse-lhe a mãe —, a moça vai lhe dar outra boneca.

— Quero a Maitê — replicou ela, ainda chorando.

Vítor, já fora da casa, perguntava aos irmãos da menina:

— Viram quem roubou?

— Um menino duns doze anos. É branco, manca duma perna e usa uma camisa cheia de escritos.

— Mora nesta favela?

— Não, parece que mora numa favela próxima, do outro lado. O pessoal daqui conhece ele. Chama-se Zizo.

— Zizo?

Elaine vinha saindo da casa.

– Temos umas pistas – disse-lhe Vítor. – Vamos para a outra favela. Depressa.

Elaine olhou para Vítor com doçura: ele não ia desistir, era persistente. A luta ecológica exigia essa qualidade dos seus soldados. Antes de entrar no carro, beijou-o. Que lhe importava que não fosse nenhuma beleza nem usasse lindas roupas?

Entraram no carro.

– Gabi não quer outra boneca, só quer a Maitê.

– Daremos outra Maitê para ela – garantiu Vítor –, depois de você ter embolsado os cem mil dólares. – E desbrecando o carro: – Vamos atrás de Zizo.

19
COMO AGEM OS FACÍNORAS

Lena viu-se frente a frente com Priscila, que a olhava com surpresa e desagrado. Sua presença, na véspera, já a aborrecera, e ela voltava.

– O que quer desta vez? – perguntou.

– O diamante.

– Que diamante? – exclamou Priscila.

– O que roubei da joalheria.

Priscila ergueu-se da máquina: não entendia.

– Eu enfiei dentro da boneca, não lembra?

– Pedi que fizesse isso mas fui telefonar e não vi o que fez.

– Fiz o que mandou. Está dentro da boneca.

– Não está.

– Eu o costurei nas costas dela. Não abriu a boneca?

– Meus amigos a fizeram em pedaços e não encontraram nada.

Priscila riu, nervosamente.

– Enganaram você. Vão ficar com sua parte na divisão dos lucros. Bandidos agem assim mesmo, não sabia disso? Julga-se esperta, mas foi ludibriada. – Começou a rir, do seu jeito nervoso, quando subitamente ficou imobilizada.

Bóris e Duque estavam à porta. Foram entrando.

– O diamante – exigiu Bóris.

– Não está comigo – ela respondeu, pálida.

Um tapa desferido por Bóris encostou Priscila na parede. Duque fechou a porta com a chave e a guardou no bolso. Como estava escuro, acendeu a luz.

– Moça, o melhor que tem a fazer para salvar a pele é devolver a pedra – preveniu Duque, tentando ser cortês.

– Pus o diamante na boneca – murmurou Priscila, apavorada.

– Vamos revistar tudo – disse Duque.

Bóris e Duque começaram a abrir todas as gavetas e a despejar seu conteúdo no chão. Havia uma pequena geladeira. Tudo que estava dentro dela, inclusive o gelo, foi jogado no chão. Os vestidos de Priscila e de suas freguesas foram tirados do guarda-roupa e rasgados: a pedra podia estar oculta em suas bainhas. Destruíram o abajur, um provável esconderijo. Priscila tentou reagir quando quebraram o televisor à procura do Captain Silver. Levou um golpe e perdeu os sentidos. Depois, foi a vez da máquina de costura, cujas peças arrancaram.

– Ela deve ter passado a pedra para alguém – concluiu Bóris.

– Acho que não. Ela é honesta e vive do trabalho – garantiu Lena.

– Ainda defende essa ladra? – irritou-se Bóris.

Duque apertou o braço do comparsa. Tivera uma ideia.

– Bóris, pode ser que o diamante não esteja aqui.

– Está onde? Evaporou?

Duque fez uma pausa para valorizar sua sugestão.

– Pode estar com a garota.

– Que garota?

– A do viaduto. Acredito que tenha estranhado o presente de Lena, depois do rebu no metrô. E se viu o noticiário da tevê sobre o roubo do Captain Silver, pode ter ligado os fatos.

– Pura imaginação! – retrucou Bóris.

– Talvez ele tenha razão – disse Lena. – Quem examinasse a boneca com atenção notaria a costura feita por Priscila.

– Acha que a garota comprou outra boneca para substituir a da pedra?

– É possível – disse Duque. – Fez a troca supondo que aparecêssemos para pegar a Maitê. O que aconteceu mesmo. Está claro?

– Não está – berrou Bóris, que não admitia que ninguém fosse mais esperto que ele. – Se ela tivesse encontrado o diamante teria corrido à polícia ou à joalheria para receber a recompensa.

O argumento fez Duque calar-se; parecia lógico, mas Lena pegou uma carona naquela possibilidade.

– Ora, pode ser que a garota e a avó fossem fazer isso... E pode ser também que preferissem ficar com o diamante para tentar vender mais tarde. Além do mais...

Esse acréscimo, interrompido, interessou a dupla.

– Além do mais o quê? – perguntou Duque.

– A garota ficou nervosa quando me viu... Deveria ficar satisfeita, não?

– A velha estava lá?

– Não vi.

Bóris olhou para Duque, já seduzido pela hipótese. Priscila, no chão, mexeu-se.

Nesse momento, alguém bateu à porta insistentemente. Ouviram voz de mulher.

– Priscila, que barulhão foi esse?

O rumor das gavetas jogadas ao chão e a queda do televisor atraíram os moradores da casa de cômodos. Depois, a porta estava fechada, quando Priscila sempre a deixava aberta para receber mais ar e luz.

– Está havendo um ajuntamento em frente à porta – observou Lena com os ouvidos atentos.

Em seguida ouviram outra voz, esta masculina.

– Melhor chamar a polícia, ouvi gritos.

A palavra "polícia" era sempre um choque elétrico para Bóris.

– Vamos embora – disse, sacando o revólver.

Duque pegou uma meia escura de Priscila e a enfiou na cabeça. Bóris fez o mesmo. Lena tirou da bolsa seus óculos escuros. Pouco adiantariam os disfarces. Priscila diria à polícia quem eram os agressores. Bóris pensou nisso e, para retardar a informação ou impedi-la para sempre, golpeou novamente a costureira desfalecida com a coronha do revólver.

— Vamos.

Bóris abriu a porta de supetão, empunhando a arma, seguido de Duque, também armado. Havia uns dez inquilinos diante do quarto, e chegavam outros.

— Para trás! Para trás! — ordenou Bóris.

Todos recuaram, impossibilitados de oferecer qualquer resistência. O mais urgente era socorrer Priscila.

Chegando à rua, os três se puseram a correr. O primeiro veículo que passou foi um ônibus. Embarcaram.

20
LADRÃO DE BONECA!

Zizo, com a boneca Maitê nas mãos, correu doidamente, apesar do defeito na perna. Era hábil em desviar de transeuntes e saltar pequenos obstáculos, mas não conseguiu evitar o choque com uma bicicleta, da tinturaria Paratodos, que transportava cabides apinhados de roupas. Zizo, a bicicleta, o ciclista, as roupas e os cabides formaram um bolo no chão. Alguns passantes pararam para rir: era engraçado. Zizo conseguiu colocar-se de pé para continuar a fuga, porém o rapaz da tinturaria, ainda caído, segurou-lhe o pé.

— Eh! Está fugindo da polícia?

Zizo forçou o pé para livrar-se da garra que o segurava, e quando o ciclista abriu a mão, ele, com a força que fazia, estatelou-se de queixo no chão. Novos risos dos transeuntes. Mas levantou-se depressa, sem largar a Maitê, e prosseguiu na disparada. Não estava com muita sorte naquela manhã: correra muito, levara tombos, arranhara-se e só pegara uma boneca.

Um quilômetro além, Zizo deixou de correr, passando a andar depressa. Só então deu uma olhada na boneca, suja, com seus cabelos loiros desgrenhados. Claro que não gostava de bonecas, mas lhe parecera tão fácil arrancá-la das mãos da menina, que não hesitara. Não seria a primeira vez que roubava objetos sem valor. Às vezes uma trombada só valia como treino. Pegar e correr era, afinal, o que aprendera na vida. Havia também o lance da emoção. O perigo o atraía. Mais de uma vez fora agarrado e já perdera um dente com um soco que um feirante lhe aplicara.

Andando já lentamente, Zizo foi se aproximando de sua favela. Igual à outra, um simples agrupamento de casas de madeira, residência de algumas dezenas de famílias. Uma mulher pôs o rosto numa janela e berrou:

— Vejam o ladrão de boneca!

Alguns meninos que chutavam uma bola de borracha improvisaram um coro:

— Ladrão de boneca! Ladrão de boneca!

Um homem muito magro, sorridente, deteve Zizo pelo braço:

— O dia foi fraco, não, Zizinho?

Zizo entrou em sua casa. Morava só com a mãe. Seus irmãos mais velhos não moravam com eles. Um se mudara para perto da fábrica onde trabalhava, outro desaparecera para fugir da polícia.

— Cheguei, mãe — anunciou.

A mãe de Zizo, uma mulher alta, muito maltratada pela vida, com um lenço vermelho na cabeça como turbante, vendo a boneca, percebeu logo que o filho aprontara.

— Que boneca é essa, Zizo?

— Achei ela — respondeu.

— Me deixe ver — disse, pegando a boneca. — Que chiqueza! Um luxo só. — E olhando fixamente para o filho: — Ninguém joga fora uma fofura dessas.

Zizo sabia que era difícil mentir para a mãe. Mas tentou:

— Caiu dum carro. Se não pegasse, alguém pegava.

— Não roubou ela, não?

A mãe de Zizo temia que ele tivesse o mesmo destino do irmão, sempre escapando da polícia.

— Não, mãe. Até gritei para o carro parar.

Ela acariciou os cabelos da boneca.

— É dessas que se vê na televisão. Vou vender ela. Estamos sem comida em casa.

— Vender pra quem, mãe?

— Sei lá. Aqui na favela é que não pode ser. Ninguém tem um tostão.

Zizo sentiu-se aliviado. Talvez ela não tivesse acreditado totalmente, mas quando se passa fome a verdade não importa muito. Seus roubos haviam comprado muita carne, pão e leite. Foi à janela.

A meninada logo o viu.

— Ladrão de boneca! Ladrão de boneca!

21
O QUE ACONTECEU COM PRISCILA?

Assim que os quadrilheiros fugiram, o pessoal da casa de cômodos entrou no quarto de Priscila. Ela estava desmaiada no chão e havia sangue em sua cabeça.

— Priscila! Priscila!

Logo surgiu um copo de água, mas Priscila, sem sentidos, não podia beber. Puseram-na sobre a cama. Deram-lhe tapas no rosto. Molharam-lhe a testa. Não acordou.

— Vamos chamar um pronto-socorro — alguém decidiu.

— E a polícia — acrescentou um homem barbudo, dos primeiros que entraram no quarto.

Alguém correu para telefonar, enquanto ainda tentavam despertar Priscila.

— Está muito machucada — observou a vizinha do quarto ao lado. — Por que teriam feito isso? Aqui não há nada para roubar.

— Acho que procuravam alguma coisa. Reviraram tudo.

— Procurar o que neste quartinho?

Uma velha, envolta num xale, que conhecia a costureira há muito tempo, lembrou:

– Priscila tem uma prima que vive metida com quadrilhas, sabiam? Uma moça morena, que usa no pescoço diversos colares sobrepostos.

– Acho que ela esteve aqui ontem. Uma bonita, bem-vestida. Chegou, saiu e depois voltou.

– É preciso contar isso à polícia. Havia uma mulher entre eles, talvez a prima da Priscila.

O resto foi esperar por socorro, até que ouviram a sirene duma ambulância. Priscila foi levada na maca. O médico disse logo que podia tratar-se de traumatismo craniano, que sempre deixa consequências.

A polícia chegou em seguida. Viu o quarto em desordem.

– Acho que ela estava guardando alguma coisa – informou o barbudo aos policiais. – Drogas ou coisa assim. Priscila tem uma prima delinquente.

– Vamos interrogá-la – disse o policial.

– Se ela sobreviver... – receou o barbudo.

22
ALGO MAIS IMPORTANTE QUE OS CEM MIL DÓLARES

Vítor dirigia o fusca com Elaine a seu lado, ambos inquietos e frustrados: tinham quase se apossado da boneca e dos cem mil dólares.

– Não se preocupe – disse Vítor, reagindo. – Vamos encontrar o tal trombadinha.

– Não é nisso que estou pensando.

– Então no que é?

– Em algo que vale muito mais que cem mil dólares... minha avó. A esta hora os bandidos devem saber que não havia diamante algum na boneca. E se nós não desistimos, eles também não desistirão.

– Mas sua avó não abrirá a porta para ninguém.

— Acho que deveríamos ter avisado a polícia.

— Seria mais prudente — admitiu Vítor — mas aí poderíamos perder a recompensa.

— É verdade, mas continuo preocupada com vovó.

— Ela é uma velha esperta.

— Ninguém é esperto quando ameaçado por um revólver.

— Certo. Vamos telefonar.

— Esqueceu que não temos telefone?

— Sua vizinha, a que vende produtos de beleza, tem. Lembra o número?

— Lembro. O que diremos a vovó?

— Para sair do apartamento e nos esperar na igreja da Consolação. Vou parar no primeiro orelhão.

23
ELES, OUTRA VEZ

Bóris, Duque e Lena entraram num bar em que havia muitas mesas e pouca gente. Era arriscado ficar ali, mas Bóris queria tomar uma cerveja e discutir a próxima ação.

— Não devemos ir os três — disse Duque. — Só eu e Lena.

— Não — se opôs Bóris. — Eu e Lena.

— Você é mais conhecido pela polícia. Melhor não dar as caras.

— Se precisar fazer um pouco de força, você não é a pessoa indicada, Duque. É gentil demais.

— Um pouco de força? Com minha prima usou demais.

— O que você queria, doçura, que a deixasse inteira para dar o serviço à polícia? Quando ela puder falar, estaremos longe.

— Meu medo é que a polícia esteja nos esperando dentro do apartamento — argumentou Lena para desestimular Bóris. Preferia agir em parceria com Duque.

— Risco há em tudo, doçura. E começo a acreditar que o Captain Silver só pode estar com a garota e a velha.

Duque ora acreditava nisso, ora não.

– Uma garota e uma velha seriam tão vivaldinas?

– Pode ser que haja homem nisso – retrucou o chefe. – Algum parente, vizinho ou namorado da garota. Logo saberemos. Agora vamos. Espere-nos aqui, Duque.

Quando saíam do bar, Bóris deu uma olhada numa banca de jornais e leu: "Bóris, o Carniceiro, na mira da polícia". Não gostava que o chamassem de Carniceiro. Irritado, dirigiu-se com Lena para o edifício em frente ao anúncio do cavalo.

24
NÃO DESTRUAM OS ORELHÕES

Foi difícil para Vítor e Elaine encontrarem um orelhão para o telefonema. Todos os que localizavam apresentavam defeitos. Alguns estavam totalmente destruídos. Malfeitores costumam se divertir causando prejuízo à população. Afinal, numa pequena praça, encontraram um telefone em ordem.

Vítor fez a ligação.

– Está tocando?

– Está, mas não atendem.

– Tente de novo. Pode ter errado os números. Ela só trabalha na parte da manhã.

Vítor ligou outra vez. Trim-trim-trim.

– Não atendem.

– Essa, agora!

Vítor desligou, perguntando:

– Sabe de alguém mais que poderia chamar sua avó?

– No edifício, não.

– Ou levar um recado?

– Tenho algumas amigas, mas moram longe.

– Meu pai e minha mãe a esta hora estão no serviço – disse Vítor. – Vamos procurar o tal Zizo. Se tivermos sorte, voltaremos logo.

Retornaram ao carro com a mesma preocupação. Os bandidos ousariam a ponto de forçar a porta? Em pleno dia?

25
UMA CENA DE FILME ACONTECE

Vovó Selma lia um romance policial confortavelmente em sua poltrona. Não ligara a tevê para que não soubessem que havia alguém no apartamento. Não estava tensa, porque o mundo do suspense e do perigo só entrava em seu apartamento através dos livros e dos filmes. Lia, absorta, quando tocaram a campainha. O hábito quase a fez levantar-se para atender à porta. Permaneceu imóvel na poltrona. Novo toque de campainha. Levantou-se, então, e silenciosamente aproximou-se da porta. Espiou pelo visor e viu um vestido. Podia ser a moça do metrô. Depois, vozes sussurradas. Ao ouvir o terceiro toque, afastou-se da porta. Houve um silêncio maior, que podia significar: foram embora. Enganara-se. Agora ouvia ruídos metálicos. Estariam forçando a porta? Abriu cuidadosamente a janela sobre o viaduto na esperança de que com gestos pudesse comunicar a alguém o perigo que a ameaçava. O que viu, como sempre, foram carros velozes. O viaduto mais parecia o cenário dum filme, não a realidade. Novos ruídos: sim, forçavam a fechadura. A sensação concreta de terror não se comparava à dos livros ou filmes do gênero. Aquilo estava acontecendo. Seu único recurso seria gritar; porém, quem a ouviria no centro da poluição sonora, contínua, do Minhocão? Refugiou-se em seu quarto e fechou a porta, mais uma para ser arrombada. O máximo que lhe cabia fazer era dificultar a tarefa dos assaltantes.

A porta de entrada cedeu, Bóris guardou seu pé de cabra e entrou com Lena. Nem a gata estava na sala. Movimentaram-se como sombras.

— Que cheiro gostoso de chocolate! — exclamou Lena.

— Vamos revirar tudo.

— Sem fazer muito barulho desta vez — advertiu a moça.

Bóris foi abrindo as gavetas apressadamente. Lena ajudava-o sem a mesma disposição. Não via nada além de talheres, pratos e toalhas de mesa. A moça separou-se dele e foi para a cozinha, bem pequena, com poucas gavetas para serem vasculhadas. Mas voltou com algo que fez Bóris arregalar os olhos.

— Veja! Estava sobre a lata de lixo!

— A caixa da boneca?

Lena leu o que estava impresso na caixa:

— "Maitê, a queridinha da família".

— Isso confirma que compraram outra.

— A minha não tinha caixa.

Bóris tentou pensar com clareza, o que para ele era doloroso e provocava caretas.

— Compraram outra pra devolver a você, caso aparecesse. Isso significa que elas têm o diamante.

— O problema, Bóris, é saber se ele ainda está aqui. O que duvido. Tem gente muito sabida no pedaço.

— O que há pra remexer na cozinha?

— Apenas uma mesa com gavetas e duas cadeiras, fogão e geladeira.

— Vamos dar uma espiada no quarto.

Fechado. Por que fechariam uma porta interna? Bóris tirou o pé de cabra do bolso. Um minuto e a porta estava aberta, quase sem provocar ruídos. Duas camas e dois criados-mudos. Nada nos criados-mudos nem debaixo dos colchões.

— O diamante não está aqui — concluiu Lena. — Podem ter levado à polícia. Vamos embora.

— Espere...

— Esperar o quê?

Que gemido era aquele, e de onde vinha?

— Alguém está miando — disse Bóris. E olhou para a parede. — Aquilo não é um guarda-roupa embutido? Abra.

Lena viu um quase imperceptível puxador e abriu o guarda-roupa. A gata Christie saiu, miando.

– Que maldade, prender um gato assim – disse.

Bóris adiantou-se para espiar dentro.

– Não está muito abafado aí dentro, vovó?

26
QUEM QUER COMPRAR UMA BONECA?

A mãe de Zizo, com a boneca na mão, perguntou-se:

– Quanto será que isto vale?

– Se é aquela que aparece na televisão, vale bastante – disse o filho.

– Aqui ninguém tem dinheiro para comprar bonecas, caras ou baratas. Eu, quando criança, nunca tive uma. A gente ia espiar elas nas vitrinas. Esta é muito bonita. Se não precisasse de dinheiro, ficava com ela.

– Por que a senhora não faz uma rifa?

– Porque nossa barriga não pode esperar. Estamos sem nada para comer.

– Quer que eu tente trocar ela por carne, no açougue?

– Deixe. Eu faço isso. Se você chegar num açougue com a boneca, pensarão que roubou ela. E você não roubou, não é?

– Já disse que ela caiu dum carro.

– Está com muita fome?

– Estou, mãe.

– Vou procurar vender ou trocar a boneca por qualquer coisa que se coma – disse a mãe de Zizo. – Não saia daqui. Se tiver sorte, volto logo.

Zizo acompanhou a mãe até a porta e depois foi à janela. Apenas um menino estava fora para chamá-lo de ladrão de boneca, mas que logo cansou. Depois, apareceu uma menina. Dora, considerada a mais bonitinha da favela.

– Posso ver a boneca? – ela pediu.

Era a primeira vez que Dora falava com Zizo, porque ele mancasse duma perna ou por causa de sua fama de ladrão.

— Minha mãe foi vender ela — disse o menino.

Decepcionada, Dora afastou-se, deixando a impressão de que nunca mais voltaria a falar com ele.

27
O SILÊNCIO DE QUEM SABIA DEMAIS

Priscila estava deitada na cama dum hospital. Um médico, auxiliado por uma enfermeira, não gostava do que via.

— Está muito machucada...

— Traumatismo? — perguntou a enfermeira.

— O raio X é que vai dizer. Levem a moça para a radiologia.

Nesse instante chegavam dois investigadores.

— Ela é Priscila de Souza?

— É — confirmou a enfermeira.

— Podemos fazer algumas perguntas?

O médico riu.

— Ela, se pudesse falar, talvez nem lembrasse do próprio nome. Foi massacrada.

Priscila foi retirada da enfermaria sobre rodas. Os investigadores ainda a acompanharam por um trecho do corredor. Ela, imóvel como uma pedra.

— Era a única pessoa que devia saber alguma coisa sobre o roubo da joalheria — lamentou um dos policiais.

28
VOVÓ SELMA SAI DO GUARDA-ROUPA

Vovó Selma, gorda, saiu com dificuldade do interior do armário na parede. Estivera lá dentro comprimida como sardinha em lata. Mais alguns minutos, desmaiaria.

— Costuma ficar dentro do armário? — perguntou Bóris.

– Ela estava apenas brincando de esconde-esconde – disse Lena, gozadora.

– Pode ser que não goste de receber visitas – ponderou Bóris.

– Mas esconder-se dentro do guarda-roupa me parece exagerado.

– Não seria mais social lhe perguntar o que fazia no armário?

– Seria invadir sua privacidade – disse Bóris abaixando-se e pegando a gata, a caminho da sala. Movimentava-se à vontade, como um inquilino do apartamento. – Vamos fazer o bichano respirar o ar saudável do Minhocão?

Já na sala, Bóris abriu a janela, Lena seguiu-o e vovó Selma também, aflita.

– O que vai fazer?

– O que ela perguntou, doçura?

– Perguntou o que você vai fazer – repetiu Lena.

– Algo mais humano que asfixiar o bichinho no guarda-roupa. Sou sócio da Sociedade Protetora dos Animais. Quer que mostre a carteirinha, vovó? – E fez menção de arremessar a gata na pista do viaduto.

– O que vocês querem? – perguntou vovó Selma, em tom de quem implora.

– O que ela perguntou? – disse Bóris, como se ensurdecido pelo rumor do viaduto.

– Perguntou o que nós queremos – quase gritou Lena.

Bóris mostrou-se cordial.

– Não quero nada. Só vim lhe fazer companhia. E você, quer alguma coisa, doçura?

Lena olhou fixamente para a velha senhora.

– O diamante, queremos apenas o diamante.

– Minhas joias?

Os dois se entreolharam. O que significava "minhas joias"? Seria ela uma intrujona, receptadora de joias roubadas?

– Todas – confirmou Lena.

O cofre, insignificante, estava no fundo duma gaveta. Vovó Selma retirou-o e abriu-o.

– Esparrame na mesa – ordenou Bóris sem erguer a voz.

Ela obedeceu, despejando seus badulaques. Bóris, com a ponta do dedo indicador e expressão de nojo, foi remexendo o tesouro de dona Selma.

— Lixo, lixo, lixo...

— Não valem muita coisa — admitiu vovó Selma.

— Trabalha com trombadinhas ou o quê?

— Foram compradas pelo meu marido e meu genro.

— Ah... — exclamou Bóris. — Elas têm um grande valor afetivo! Bonito isso! — E com a mão curvada atirou todas ao chão, fazendo voltar à face sua expressão de nojo.

Lena gostava de mostrar-se eficiente diante de Bóris.

— Quem mora aqui?

— Apenas eu e minha neta.

— Nenhum homem? Parentes?

— Não temos mais ninguém no mundo — disse vovó Selma.

Bóris pegou o queixo da velha senhora e delicadamente obrigou-a a encará-lo.

— Sabe quem sou, vovó?

— Não — ela respondeu, trêmula.

— Nem quem é ela?

— Também não.

Lena riu.

— O que a senhora tem contra a novela das oito? Trabalho em quase todas.

— Também trabalho — disse Bóris. — Faço papel de um padre. Padre Bóris. Ela, o papel duma moça que perdeu uma boneca no metrô.

Vovó Selma reagiu à palavra boneca.

— A senhorita que deixou a boneca com minha netinha?

— Sim — respondeu Lena.

— Mas veio aqui e recebeu a boneca de volta. Minha neta não lhe deu?

— Só que houve um equívoco, deu outra Maitê. O que fizeram com a primeira boneca? Tinha algum defeito de fabricação? — E ante o aturdimento da velha senhora, Bóris mostrou a caixa. — A que a doçura levava no metrô não tinha caixa. Por que substituíram a boneca?

– No seu lugar eu contava tudo – aconselhou Lena.

Bóris voltou a tocar o queixo da velha senhora, obrigando-a a olhá-lo.

– Não trouxe cartões de visita mas saiba que meu nome é Bóris, alcunhado por alguns de o Carniceiro. Não sei por quê.

– Não tenho o que ocultar – disse vovó Selma.

– Então conte, vovó, e sem modificar nada, se não quiser ver o gatinho voar até o viaduto. Se quiser, sente-se, está lidando com pessoas de elite. Eu gostava muito da minha avó, apenas a matei porque esgotou seu repertório de histórias de fadas.

Selma respirou fundo e disse:

– Tivemos de comprar outra...

– Tivemos, por quê, avozinha?

– O namorado da minha neta ficou muito enciumado. Imaginou que ela tinha ganho a boneca de algum rival. Por isso Elaine deu a Maitê de presente.

– Deu a boneca! – exclamou Lena.

– Deu, e, quando soube disso, o namorado dela comprou outra, para fazerem as pazes. Entenderam?

Bóris soltou a fera que tinha dentro de si. Jogou o cofre no chão.

– Uma briguinha de namorados põe tudo a perder – berrou, careteando.

– E você, que deu aquela surra na pobre da Priscila...

Bóris pegou os dois braços de vovó Selma, apertando-os.

– Pra quem ela deu a boneca? Diga logo, sua bruxa!

– Para uma menina que morava neste edifício.

– Morava?

– A família mudou hoje cedo, despejada.

Bóris pôs mais força nos dedos.

– Mudou para onde?

– Apenas sei dizer que foi para uma favela.

– Que favela?

– Já disse que não sei.

— Espere — ordenou Lena. — Se ela não sabe, não adianta torturá-la. Vou perguntar ao zelador. — E saiu do apartamento.

Bóris e vovó Selma ficaram sós, quando ele perguntou:

— Diga, santa velhinha, por que se escondeu no armário?

— Porque ouvi forçarem a porta. Já fomos assaltadas uma vez.

Outra pergunta com jeito de armadilha:

— E por que não abriu logo a porta?

— Estava no banheiro. Quando saí, vocês já a forçavam.

— E sua netinha, onde está?

— Saiu com o namorado. Foram ao planetário.

— Agora, vovó, reze.

— Por quê?

— Se minha amiguinha não descobrir para onde a tal menina se mudou, vou ficar zangado. E quando me zango, alguém sempre paga por isso. Começarei pelo gato.

A porta abriu-se e entrou Lena.

— Falei com o zelador. A favela é a da Marginal. O nome da garota é Gabi.

— Você tem sorte — disse Bóris a vovó Selma. — Em seu lugar, jogava na loteca. Venha.

Bóris conduziu a velha senhora até o quarto.

— O que vai fazer? — Ela perguntou, só pavor.

— Não gosto de alterar a ordem das coisas. Sempre deixo tudo como encontrei. Entre no armário. Ouviu? No armário. — Selma obedeceu. — Leve o gatinho junto, velha. — Pegou a gata Christie e enfiou-a também no estreito armário. — Se precisar de alguma coisa, telefone. Vou passar a chave para que fiquem à vontade.

Lena preocupou-se.

— Ela pode morrer sufocada, Bóris.

— Evidente que sim. Agora vamos pegar o Duque e fazer uma visita à favela. Dizem que é muito pitoresca.

29
QUEM QUER COMPRAR UMA BONECA?

A mãe de Zizo não sabia a quem vender a boneca; apenas sabia que teria de vendê-la para que o filho e ela tivessem o que comer no dia seguinte. Trabalhava como doméstica, porém estava desempregada, como a maioria das domésticas da favela, pois as senhoras da classe média, também atingidas pela crise financeira, dispensavam suas empregadas. Afastando-se da favela, entrou no primeiro armazém que viu. Foi falar com o dono.

— Olha, gostaria de trocar esta boneca por um pouco de carne, de feijão e de arroz.

— Lamento, mas não tenho filhas pequenas. A minha mais nova casou-se ontem.

A mãe de Zizo saiu do armazém sem saber que rumo tomar. Desarvorada. Uma mulher ia passando. Ofereceu-lhe a Maitê, mas ela não se interessou. Outra transeunte nem parou para ouvi-la; desviou e apressou os passos. Apesar da proximidade do Natal, não era fácil vender uma boneca. Continuou andando, já desanimada.

30
À PROCURA DE ZIZO

Vítor localizou depressa a favela do outro lado da Marginal. Ao lado dele, Elaine preocupava-se cada vez mais com a avó. Não se perdoaria se algo acontecesse a ela. O namorado tentava tranquilizá-la.

— Pode ser até que os bandidos já estejam presos.

— Mas se não estiverem, voltarão ao apartamento. Dizem que um deles, Bóris, é um assassino com muitas passagens pela polícia. Pobre vovó! Tenho medo até de pensar.

— Já estamos na favela. Vou parar.

Vítor e Elaine desceram do carro. Viram uma mulher que carregava na cabeça uma enorme trouxa de roupas.

– Por favor – disse Vítor, pondo-se diante dela. – Conhece por acaso um menino chamado Zizo? Manca duma perna.

– Mudei esta semana para cá – respondeu ela. – Ainda não conheço ninguém.

Viram outras pessoas, homens, mulheres e crianças que circulavam pela favela, esta bem maior e mais tumultuada que a primeira. A realidade não poderia ser tão miserável assim.

– Vamos fazer uma coisa – decidiu Elaine –, eu pergunto dum lado e você de outro.

Foi o que fizeram. Interrogaram pessoas que passavam, bateram em portas, foram aos barracos onde se vendiam os gêneros mais necessários, tudo depressa e com os nervos à flor da pele. Depois de muitos insucessos e já não vendo o namorado, Elaine voltou ao carro, duvidando de que Zizo morasse lá. Subitamente, viu Vítor correndo para ela.

– É no fim da rua! – gritou ele. – Vamos de carro até lá.

– Tem certeza?

– Vi um garoto gritando "ladrão de boneca"! Perguntei-lhe quem era o ladrão e ele apontou para um barraco perto da esquina.

Vítor pôs o carro em movimento, dirigiu uns duzentos metros e estacionou outra vez.

– Deve ser aquele, Elaine.

– Vamos juntos – disse ela, doida para pegar a boneca e voltar a toda pressa para casa.

A porta do barraco estava fechada. Vítor bateu. Ela abriu alguns centímetros. Vítor e Elaine viram a cara dum menino.

– Olá, Zizo!

– Quem é você?

– Vamos bater um papo. Não se assuste. Queremos uma informação.

Zizo abriu um pouco mais a porta.

– O que é? – perguntou, olhando assustado para os dois.

– Queremos comprar a boneca. Aquela que você pegou na outra Marginal.

– Que boneca?

– Ora, Zizo, você sabe qual é. A loirinha. Pode nos entregar numa boa. E até ganhará um dinheirinho.

69

— Não sei do que está falando.

— Seja esperto, Zizo. Vamos negociar. Quanto quer pela boneca?

— Não está comigo — disse ele.

— Então onde está?

— Com a minha mãe.

— E onde está sua mãe, Zizo?

— Foi vender ela.

A desesperada gincana iria prosseguir?

Elaine falou:

— Foi vender para quem?

— Para quem quisesse comprar.

— Aqui, na favela?

— Acho que não, moça.

— Depois de vender a boneca ela volta?

Zizo fez que sim.

— Como é sua mãe? Alta ou baixa?

— Alta — respondeu Zizo.

— Nos dê mais algum detalhe — pediu Elaine.

— Está com um lenço vermelho na cabeça.

— Obrigado por enquanto, Zizo — agradeceu Vítor.

Elaine e Vítor afastaram-se do barraco.

— E agora, Elaine? — ele perguntou.

— Vamos voltar para o carro e ficar esperando por uma mulher alta com um lenço vermelho na cabeça. Antes, o que me diz dum refrigerante, Vítor?

31
UM LUGAR ESCURO, ESTREITO E ASFIXIANTE

Presa no guarda-roupa, vovó Selma sentia que ia desmaiar. Um desmaio naquelas circunstâncias, encaixotada, poderia significar sua morte. A seus pés, a gata Christie miava. Começou a forçar a porta de madeira frágil com seu corpo volumoso. Os poucos centímetros de folga que havia entre a frente e o fundo do guarda-roupa permitiam-lhe algum impulso. Um atrás do outro. Incansavelmente. A esperança era de que a fechadura cedesse. Seus músculos doíam, mas não parava de golpear a porta. Enquanto tivesse forças e houvesse ar para respirar, continuaria sua luta naquele espaço limitado e escuro. Elaine e Vítor corriam perigo. Os assaltantes talvez os alcançassem na favela. Libertando-se, avisaria a polícia. A porta, porém, resistia.

32
A PRESIDENTA E A VICE

A mãe de Zizo já oferecera a boneca a muita gente, mas ninguém manifestara interesse. A essa altura, já trocaria a Maitê por um simples bife. Zizo e ela precisavam comer. Foi então que ela viu uma perua estacionada diante duma loja. Duas mulheres de meia-idade levavam pacotes da loja para o veículo, onde leu: Lar das Meninas, e o endereço. Aproximou-se delas.

— As senhoras são do Lar das Meninas?

— Somos — respondeu a mais velha. — Sou a presidenta e ela a vice.

— Não estão precisando de faxineira lá?

— A senhora é faxineira?

— Faço qualquer serviço.

— Então passe por lá. É logo depois da ponte, no 822.

— Sei onde é.

A vice viu a Maitê com a mãe de Zizo.

— Que boneca bonita!

— É uma Maitê! As órfãs vivem falando dela, por causa da televisão. Estamos recolhendo doações — disse a presidenta.

— Mas não estou em condições de doar nada. Eu e meu filho estamos numa pior.

— Temos centenas de bonecas, mas nenhuma Maitê — lembrou a vice. — Quanto quer por ela?

— Quanto a senhora quiser dar...

A presidenta adiantou-se:

— Pagamos cinquenta. Aceita?

— Aceito, dá para comprar algum alimento.

A presidenta abriu uma pequena bolsa.

— Aqui está o dinheiro.

— Muito obrigada — agradeceu a mãe de Zizo, passando-lhe a boneca. — Então posso passar pelo Lar?

— Passe, sim. Até lá.

E as duas senhoras entraram na perua, admirando a loiríssima Maitê.

33
À ESPERA DA MÃE DE ZIZO

Elaine e Vítor tomaram um refrigerante e voltaram para o carro à espera da mulher alta de lenço vermelho na cabeça. Olhando os barracos da favela, ele disse:

— Veja esses barracos. Não sei como é possível essa gente viver assim.

Elaine entendeu o que ele queria dizer, também impressionada com tanta pobreza.

Vítor subitamente ligou o carro, olhando para a frente.

— O que foi?

— Veja! Tem uns caras entrando no barraco do moleque.

— Só vejo um táxi parado.

— Vi dois homens e uma mulher.

— Podem ser eles...

— Acho que sim.

— Vítor, isso quer dizer que estiveram no apartamento. Só a minha avó poderia informar para onde tinha ido a boneca!

O rapaz engoliu em seco.

– Adivinhos eles não são.

– E agora, Vítor, o que faremos?

– Temos de encontrar a mãe de Zizo antes deles. Vamos esperar na boca da favela.

– Vítor, estou morrendo de medo.

– E eu, como acha que estou?

34
BRUMMM

A porta do guarda-roupa cedeu. Brummm. Vovó Selma saiu de dentro dele respirando todo o ar que podia. Se não tivesse cedido naquele momento, morreria sufocada. A gata Christie correu pela sala. A velha senhora abriu a janela e foi tomar um copo cheio de água. Tinha providências urgentes a tomar. Lembrava do nome do delegado que tratava do caso: doutor Maranhão. Entraria em contato com ele pelo telefone. Chamou o elevador.

35
TODOS OS PASSOS DA GANGUE

Depois de terem saído do edifício onde Elaine e a avó moravam, Bóris e Lena foram ao bar encontrar Duque e tomaram um táxi rumo à periferia. Pediram ao motorista que evitasse congestionamentos e dirigisse o mais depressa possível. O profissional conhecia bem o caminho, chegariam em quinze minutos.

– Obrigado – disse Bóris. – Uma garotinha está com tifo e tememos que ela espalhe a doença. Somos médicos.

– Vou tentar chegar em dez. A saúde pública em primeiro lugar.

– O Brasil lhe agradecerá.

Chegando à favela, mesmo sem descer do táxi, Bóris perguntou a um transeunte:

– Sabe onde houve hoje uma mudança?

– Naquele barraco tem gente nova – respondeu a pessoa.

Pedindo ao motorista que os esperasse, os três dirigiram-se ao barraco e bateram na porta. Quando abriram, os três foram entrando.

– Que invasão é essa? – reclamou o pai de Gabi.

Bóris, vendo a menina, nem respondeu ao pai.

– Como é o seu nome, faveladinha?

– Gabi.

– Gabi, a boneca que você ganhou estava premiada. Era a milionésima da marca Maitê. É o dia de sorte da família! Parabéns para todos! Agora me deem a boneca para conferir o número.

O pai de Gabi exclamou:

– Então estava premiada?

– Estava. Vocês vão ganhar um dinheirinho e posar para os jornais – anunciou Bóris. – Gabi aparecerá nas primeiras páginas!

O pai de Gabi olhou sério para sua mulher.

– Desconfiei um pouco do interesse daqueles dois.

– Que dois, flagelado? – perguntou Bóris. – Por acaso passaram por aqui uma garota chamada Elaine e seu namorado? Passaram?

– Mas não levaram a boneca – informou a mãe de Gabi.

– Não levaram?

– Não, porque ela foi roubada por um trombadinha assim que chegamos no caminhão de mudança – explicou o pai.

Bóris agarrou o homem pelo pescoço.

– Quer dizer que a boneca está perdida?

– Eh! Pra que isso? Me largue!

– Está perdida, diga?

O irmão mais velho de Gabi interveio:

– Perdida, não... O trombadinha é conhecido do pessoal daqui.

– Quem é ele?

– Um menino duns doze anos, manco duma perna. Mora na favela do outro lado da Marginal. Chama-se Zizo.

Pergunta de Lena:

– Elaine e o namorado foram atrás dele?

– Foram.

Os três saíram do barraco sem mais uma palavra. Não podiam perder um segundo: aquilo era uma corrida.

— Motorista, vamos ao outro lado da Marginal – ordenou Bóris.

— Uma chupeta infectada foi parar lá.

36
O TELEFONEMA DIVERTIDO

Telefonando dum orelhão, foi difícil para vovó Selma localizar a delegacia do doutor Maranhão. E mais difícil ainda explicar a um de seus subalternos do que se tratava.

— É sobre o roubo do Captain Silver, moço.

— Nada de trote, hein?

— Escute, ele está dentro duma boneca...

— A senhora é uma gracinha, vovó...

— Uma boneca Maitê.

— A senhora é garota-propaganda da fábrica? Ganha muito pra isso?

— Acabo de ver dois daqueles assaltantes. O tal Bóris e a moça.

— Viu onde, na tevê?

— Estiveram no meu apartamento e me prenderam dentro dum armário embutido. Eu e minha gata. Meu nome é Selma R. Matos.

— Essa do armário embutido é boa. Mas preciso desligar.

— Eles foram para a favela da Marginal, atrás da boneca, que está com uma menina chamada Gabi.

— Que imaginação, vovó! Costuma ler livros policiais?

— Costumo.

— Está explicado. Vamos tomar providências. Tchau.

Ploc.

37
ZIZO RECEBE VISITAS FAMOSAS

Zizo ficou apavorado. Mais três à procura duma simples boneca?

— Ela não está comigo — disse à janela, respondendo ao homem que lhe perguntava pela boneca.

Bóris pegou-o pelos braços e puxou-o para fora do barraco. Não o largou, segurando-o com firmeza.

— Pensa que vai nos enganar, trombadinha? Vamos, a boneca. Ou quer que toquemos fogo no casebre?

— Está com a minha mãe.

— E ela, onde está, delinquente?

— Foi vender a boneca.

— Vender? Para quem? Onde?

Zizo respondeu depressa para se livrar daquelas garras.

— Só sei que saiu para vender...

Todos ouviram e Bóris decidiu:

— Salte a janela, Duque, e veja se a boneca está aí dentro.

Duque saltou agilmente, enquanto Bóris ainda retinha o menino. Do táxi, o motorista via a cena e olhava tudo com suspeição. Médicos agiriam daquele jeito?

— Então é assim? O filho rouba e a mãe sai para vender. Família unida, hein?

— Minha mãe não sabe que eu roubo — gemeu Zizo.

— Se a boneca não aparecer, você vai para um reformatório e só sai aos vinte e um anos. Sabia?

— Os senhores são da família daquela menina? — perguntou Zizo.

— Não, pivete, em nossa família não há ralé. Somos colecionadores de bonecas. Uma vez matei um cara só para conseguir uma que faltava em nossa coleção.

Duque, no interior da casa, apareceu à janela.

— Aqui não tem nada.

Lena, que se mantivera calada nesse episódio, perguntou a Zizo:

— Alguém mais esteve aqui à procura da boneca?

– Um moço e uma moça. Vieram de carro.

– E onde estão agora? – perguntou Bóris, afoito.

– Por aí, esperando a volta da minha mãe.

Os três entreolharam-se.

– Precisamos impedir que peguem a boneca – esbravejou Bóris. – Vamos.

Quando voltaram para o táxi, notaram que o motorista os olhava com estranheza. Ele, que ouvia o rádio, desligou-o.

– Vamos dar umas voltas por aí – disse Bóris. – Siga até o fim da rua. – E dirigindo-se aos dois: – Cada um olhe dum lado. Temos de encontrar a dupla.

Pelo espelho, o motorista arriscou dar uma olhada em seus passageiros. Topou com o olhar frio de Bóris. Já sabia, pelo que ouvira no rádio, que a polícia procurava uma quadrilha formada por dois homens e uma mulher.

– Passe por aquele terreno – ordenou Bóris.

O motorista hesitou. Tratava-se duma área baldia. Perto, apenas uma montanha de lixo que, devido ao calor, cheirava mal.

– O que está esperando? – perguntou Duque, já entendendo a intenção do companheiro.

O motorista dirigiu até o lixão.

– Pare – ordenou Bóris.

– Aqui?

– Aqui.

O motorista brecou. Bóris, sentado no banco traseiro, acertou-lhe a cabeça com uma coronhada. Depois, ele e Duque desceram do carro e, de posse dos documentos do homem, jogaram-no, desacordado, no lixão. Bóris cobriu-o com o lixo e foi sentar-se à direção do carro.

– Ele estava desconfiado.

– Também notei.

– Agora não precisamos mais nos preocupar com o taxímetro. Vamos procurar os dois pombinhos.

38
SINAIS ESCLARECEDORES

Uma enfermeira olhava fixamente para Priscila, no leito do hospital, quando ela abriu primeiro um olho, depois outro. Sentindo dores, tornou a fechá-los. Mas não estava mais desacordada.

Um investigador, que tinha ordem de interrogar a costureira assim que ela pudesse falar, entrou no quarto.

– Ela abriu os olhos – noticiou a enfermeira.

– Será que pode falar?

– Isso não sei.

O investigador curvou-se sobre o leito.

– Priscila, Priscila – chamou. Ela reabriu os olhos.

– Você está num hospital, sendo medicada. Podia falar um pouco comigo? – E sem esperar resposta: – Apenas algumas palavrinhas. Vamos lá? – E fez a primeira pergunta: – Sua prima estava entre as pessoas que a agrediram?

Priscila fez um quase imperceptível movimento de cabeça. Afirmativo.

– Sabe se foram eles que assaltaram a joalheria do centro?

Um centímetro de movimento de cabeça bastou para confirmar.

– Pensavam que o Captain Silver estivesse com você?

Desta vez confirmou com uma piscada.

– Confirme ou negue com piscadas. Uma piscada significa sim. Duas, não. Pensavam que o diamante estivesse com você?

Uma piscada.

– E não estava?

Duas piscadas.

– Por isso a atacaram?

Uma piscada.

– Você chegou a ver o diamante?

Outra confirmação.

– Em seu quarto?

Uma piscada em seguida. Priscila abriu a boca, querendo falar.

– Tem algo importante a dizer? – perguntou o investigador.

Confirmação.

– Enfermeira, me arrume papel, caneta e uma prancheta.

Veio a prancheta com o papel e uma esferográfica foi posta entre os dedos de Priscila. Com dificuldade, ela escreveu apenas um D torto, frágil.

– D de diamante?

Confirmação.

– Passe para outra palavra.

O que era aquilo? Parecia um B, um tanto tremido. Ou um P que vergara ao peso da parte superior. Arriscou:

– É um B?

Confirmação. D de diamante, B de quê?

A enfermeira quis participar:

– B de boneca?

Confirmação.

O investigador intuiu logo:

– O diamante está dentro de uma boneca? É isso? É? – E após a piscada de Priscila: – Um telefone – pediu à enfermeira. – Agora, sim, temos uma informação quente.

39
MÁ NOTÍCIA

Vítor decidiu que não seria prudente ficarem fora do carro ou mantê-lo estacionado. Sempre com o pé no acelerador, fazia o fusca circular pela favela. Ao passarem pela casa de Zizo, viram o menino à porta. Parecia assustado. Sem descer do carro, Vítor perguntou:

– Três caras estiveram perguntando pela boneca?

Zizo confirmou, balançando a cabeça.

– Perguntaram por nós?

Outro "sim" com a cabeça.

Elaine, preocupada em identificar a mãe de Zizo, perguntou:

– De que cor é o vestido dela?

– Preto – disse Zizo.

Vítor tornou a pôr o carro em movimento, repetindo:

– Mulher parda, de vestido preto, com um lenço vermelho na cabeça.

– Pegue a Marginal – aconselhou Elaine. – Não iria vender a Maitê aqui.

Vítor ganhou a pista central. Logo que se afastou da favela, olhou pelo retrovisor. Má notícia.

– Acho que aquele táxi está nos seguindo.

Elaine olhou para trás e também viu o carro.

– O melhor é pisar.

Mas o fusca, velhão, batendo pino, não podia correr muito. Logo foi alcançado pelo táxi. Ia abalroá-lo.

40
AGITAÇÃO NA DELEGACIA

O delegado Maranhão atendeu o telefone.

– Quer falar comigo, Pires?

E ouviu:

– A costureira conseguiu se comunicar. Disse que costurou o Captain Silver dentro duma boneca. Pode ser que alguém tenha achado o diamante antes da quadrilha, por isso os bandidos voltaram e a massacraram, supondo que ela os enganara.

Maranhão levou a mão à cabeça.

– Puxa! Uma mulher telefonou querendo dizer qualquer coisa sobre uma boneca... E o escrivão pensou que se tratasse duma brincadeira! Agora estamos outra vez na estaca zero. Arranque o que puder da costureira. Ficamos aguardando. – E desligou, irritado, dirigindo-se a dois investigadores. – Quem seria essa mulher? Rezemos para que torne a telefonar.

O escrivão entrou.

– Está aí uma mulher velha que quer falar com o senhor. Está afobada.

– Mande entrar.

A um sinal do escrivão, vovó Selma entrou.

– Eu telefonei sobre a boneca... Não era brincadeira, não, doutor.

– Já sei que não era – disse o delegado. – Mas diga depressa o que sabe.

– Antes prometa agir com toda a urgência, há duas vidas em perigo.

41
UMA POPULAÇÃO DE BONECAS

O orfanato era um enorme casarão antigo, recentemente pintado de amarelo e cercado de grades. Numa placa verde lia-se Lar das Meninas. Do lado de fora, no jardim, se viam muitas meninas, todas bem-vestidas e asseadas. Quando a perua estacionou, elas se juntaram nas grades, agitando os braços, felizes. Sabiam que dona Nice, a presidenta, e dona Rute, a vice, estavam empenhadas na campanha de presentes de Natal. Este ano seria uma campanha diferente: angariavam só bonecas. Velhas ou novas, pequenas, médias ou grandes, mas só bonecas. Afinal, era do que as meninas gostavam mais.

A presidenta e a vice deixaram a perua sobraçando as bonecas trazidas naquela tarde. Uma delas logo chamou a atenção das meninas: a Maitê.

– A boneca da televisão! – gritavam.

– Essa é minha! – exigiam algumas.

Ou perguntavam:

– Quem vai ficar com a Maitê?

Um problema que surgia. Para a diretoria, todas as meninas eram iguais. Favoritismo não existia ali. A presidenta e a vice levaram as bonecas e essa questão para a sala da diretoria.

— Como vamos fazer? — perguntou dona Rute.

— Estou pensando num sorteio.

— Isso dá muito trabalho — opôs-se a outra.

— Tem razão — disse a presidenta, já decidindo. — Vamos embrulhar a Maitê como as outras. O papel é o mesmo para todas. Quem ganhar, ganhou!

— Vou embrulhar.

— Colocaremos a Maitê bem no fundinho.

A vice pegou a boneca. Embrulhada, se confundiria com outra qualquer e ninguém brigaria pela posse daquela princesa.

42
E AGORA?

Vítor pisou o mais fundo que pôde no acelerador. Não adiantou: o táxi emparelhou-se com o fusca e depois o ultrapassou. Ia brecar à frente para bloquear a passagem.

— E agora? — exclamou Elaine.

Vítor não teve tempo para explicar sua manobra: dirigiu o carro para o acostamento, enquanto o táxi brecava. Não era uma manobra salvadora mas servia para ganharem tempo. O acostamento logo se estreitava, ligando-se à Marginal. A tática permitiu que o carro de Vítor se distanciasse uns duzentos metros do táxi, já movimentado por Bóris.

— Vão nos alcançar outra vez — temeu Elaine.

— Não na Marginal — disse Vítor, saindo da estrada e entrando numa rua.

O táxi também fez a curva, visível no espelho retrovisor de Vítor.

Graças a um caminhão que se interpôs entre os dois, Vítor ganhou nova folga e arrancou por outra pista, mais estreita. Viram uma multidão, carregando faixas e cartazes. Realizava-se lá uma passeata de protesto contra qualquer coisa. Encaixou o carro entre os manifestantes e o meio-fio, o que seu pequeno porte permitia.

– É gente protestando contra a poluição do rio Tietê – observou o rapaz. – Ecologistas como eu.

Elaine olhou de relance para trás.

– Vítor, estão bem perto.

Aí Vítor fez algo inesperado. Apenas o desespero o levaria a proceder assim. Avançou seu carro por entre a passeata, como um abre-alas que deslizasse suavemente. Parecia alguém que, motivado pela manifestação ecológica, decidira aderir a ela. E para que seu gesto assim fosse interpretado, acenou entusiasticamente para os manifestantes, que acolheram com bom humor a adesão motorizada.

– Acene, Elaine, acene! Enquanto estivermos aqui, não poderão nos pegar.

Bóris, dirigindo o táxi, não soube o que fazer, já que não podia tomar nenhuma atitude violenta diante de centenas de pessoas. Por outro lado, como a passeata ocupasse quase toda a largura da rua, viu--se preso pela massa, obrigado a movimentar-se em seu ritmo lento.

– Puxa, você foi esperto! – exclamou Elaine.

– Mas não podemos ficar aqui o tempo todo. Quando o táxi estiver bem embaraçado, voltaremos à Marginal.

– Pode ser que a mãe de Zizo já tenha voltado para a favela.

– Então, fique de olho neles.

Elaine olhava pela janela do fusca, vendo os manifestantes, e bem à direita, um pouco atrás, o táxi, movimentando-se em sua lentidão obrigatória. Estando na frente da passeata, Vítor tinha mais espaço para manobras.

– Vítor! – exclamou Elaine. – Eles vão ter de parar. Há uma carroça encostada no meio-fio. Aproveite!

Numa guinada de direção, Vítor seguiu por uma rua à esquerda, novamente rumando para a favela de Zizo. O táxi dos quadrilheiros não conseguiu desembaraçar-se do povo da passeata, tendo de esperar que ela passasse completamente.

– Não corra tanto! – pediu Elaine ao namorado. – Quase atropela uma pessoa.

– Cada segundo é precioso – disse Vítor. – Se a mãe de Zizo já voltou, ganharemos esta corrida.

43
VOVÓ SELMA NA DELEGACIA

O delegado Maranhão pediu mil desculpas à vovó Selma em nome do escrivão, que pelo telefone a julgara doida ou passadora de trotes.

— A senhora falou de uma boneca, explique melhor.

— O Captain Silver está dentro duma boneca da marca Maitê. Vou contar tudo, doutor.

E contou, sendo ouvida com a maior atenção pelo delegado e os investigadores.

— Favela da Marginal. É para onde irão imediatamente — disse a autoridade a seus dois comandados. — A menina chama-se Gabi. Corram. Por enquanto é nossa única pista.

Os policiais deixaram a delegacia a toda a pressa.

— Obrigado pelas providências, doutor — disse vovó Selma.

— A senhora sabe que está se candidatando a uma recompensa de cem mil dólares?

— Sei — confirmou ela. — Mas tinha me esquecido disso. Só estou pensando na segurança de Elaine e de Vítor. Os bandidos são de alta periculosidade.

— Ponha periculosidade nisso, dona. O tal Bóris é um verdadeiro monstro.

44
MAIS UMA ETAPA DA GINCANA INFERNAL

Vítor jamais havia dirigido com tanta velocidade, ele que sempre era muito cauteloso na direção. Em poucos minutos, o carro chegava à favela de Zizo, que desta vez não estava à janela nem por perto. Desceram e foram bater à porta.

– Sua mãe voltou? – perguntou Vítor.

– Ainda não!

– Azar!

– Vamos embora assim mesmo – disse Elaine. – É arriscado esperar por ela aqui.

Voltaram para o carro. Vítor já ia dar a partida quando Elaine gritou:

– É ela!

Vítor olhou e viu uma mulher alta, vestida de preto, com um lenço vermelho na cabeça, que vinha vindo.

Desceram do carro e foram encontrá-la.

– A senhora é a mãe do Zizo?

– O que aconteceu com ele? – perguntou, assustada.

– Nada, moça, fique tranquila. É sobre a boneca.

– Meu filho não roubou a boneca.

– Não se trata disso – interveio Vítor. – Só queremos saber o que a senhora fez com ela.

– Por quê? – ela se surpreendeu.

– Precisamos encontrar a boneca – suplicou Elaine.

Ela repetiu a pergunta:

– Por quê?

– Tem um contrabando dentro dela – respondeu Vítor, tentando simplificar a explicação. – Há uns bandidos que também estão interessados na boneca.

A mãe de Zizo não acreditou muito.

– Estão brincando comigo? Que história é essa?

– A senhora vendeu a boneca?

– Se vendi, o que você tem com isso, moço? Ela pertencia ao meu filho.

– Ninguém quer culpá-la de nada – tornou Elaine. – Só desejamos saber onde ela está agora.

– Vendi pra duas senhoras. Só. E me deixem em paz, por favor.

– Que senhoras?

– O nome delas não sei. Agora, vou indo.

A mãe de Zizo se afastava, quando Elaine correu atrás dela e a deteve pelo braço.

— Espere, moça... Trata-se duma coisa importante. Um caso de vida ou morte.

— Não me interessa.

Vítor aproximou-se e enfiou as mãos nos bolsos. Retirou todo o dinheiro que tinha ganho na semana.

— Pago isso tudo para nos dar a informação.

A mãe de Zizo olhou para as mãos de Vítor. Era mais dinheiro do que lhe haviam pago pela boneca.

— Paga mesmo?

Vítor lhe entregou o dinheiro.

— Bem... – disse a mulher – elas dirigem um orfanato, aqui perto. Ouviram falar do Lar das Meninas?

— Ouvi – disse Elaine. – Mas onde é, precisamente?

— É numa rua que sai do outro lado. Número 822. Tem uma placa verde.

— Serve como indicação? – perguntou Elaine a Vítor.

— Serve. Vamos indo.

Os dois correram para o carro. A mãe de Zizo permaneceu no lugar, até que o fusca, saindo de arranco, desaparecesse na favela.

45
A MONTANHA DE PAPAI NOEL

No orfanato, a Maitê foi embrulhada no papel fantasia e levada para o galpão, onde armazenavam as bonecas para presentear as meninas na véspera do Natal.

A vice-presidenta, entrando com o novo embrulho, estacou diante da montanha de doações. Naquele ano o número de presentes aumentara, apesar da crise. Dava gosto ver aquele mundo de pacotes! Apesar de tantas dificuldades para manter as órfãs, teriam uma bela festa de Natal.

A presidenta aproximou-se.

— A meninada só está falando da Maitê.

– O que é a propaganda! Temos outras até mais bonitas.

– Mas elas só acreditam no que diz a televisão.

A vice começou a abrir um buraco na montanha.

– Deixo aqui?

– Mais no fundo ainda, Rute.

A vice aprofundou o buraco.

– A Maitê vai ficar na base da montanha.

– Ótimo. Aí está bem. Agora são todas Maitês.

46
A POLÍCIA ENTRA NA GINCANA

Um carro policial surgiu na favela e parou num barraco para obter informações; depois prosseguiu. Foi parar justamente diante da casa de Gabi, que estava sentada à porta, mal-humorada, tendo nos braços uma boneca pobrezinha como ela. Seus pais haviam comprado outra boneca, para que parasse de chorar. Parara, mas ainda sentia o fascínio da loira e famosa Maitê.

– Você é a Gabi? – perguntou um dos policiais, antes mesmo de sair do carro.

– Sou – ela respondeu, assustada com a presença da polícia.

O pai de Gabi saiu à porta.

– Vieram por causa da boneca premiada?

– Premiada? É, pode ser...

– Não é essa que está com a minha filha, não. Pela outra vieram perguntar um rapaz e uma mocinha. Depois, dois homens e uma mulher. Um deles quase me mata.

– Um meio calvo, gordo?

– Esse mesmo. Usava blusão de couro. Que tipo!

– São as pessoas que procuramos – confirmou um dos investigadores. – Quem levou a boneca?

– Ninguém.

– Ninguém?

– Ela foi roubada por um trombadinha assim que chegamos. Foi reconhecido pelo pessoal daqui. Chama-se Zizo e manca duma perna. Mora na favela do outro lado da Marginal.

– Deu essa informação aos outros?

– Dei, primeiro ao casalzinho. Se não desse também aos outros três, estaria morto a esta hora.

– Vamos – o investigador disse ao companheiro.

– Mas qual é o prêmio que tem nessa boneca?

O policial riu:

– Um prêmio muito maior que o de qualquer loteria. Milhões, moço. Obrigado pela dica.

O pai de Gabi pegou a boneca que comprara para a filha e começou a apalpá-la para tentar sentir o indício de algum prêmio. Logo desistiu e atirou-a sobre as pernas de Gabi, sentada, que nada entendera daquele movimento todo.

47
OS BANDIDOS RETORNAM

Assim que se desembaraçou da passeata, Bóris dirigiu o táxi para a Marginal, onde esperariam pela mãe de Zizo. À entrada da favela, estacionou o carro.

Foi Lena quem sugeriu:

– Pode ser que ela já tenha voltado, e nós aqui, perdendo tempo.

– Tem razão, Lena. Ela pode já ter chegado.

Mais alguns minutos e o táxi, depois de quase atropelar algumas galinhas que passeavam pela favela, brecou diante da casa de Zizo.

Dentro, Zizo contava para sua mãe o que se passara.

– Primeiro vieram um moço e uma moça...

– Encontrei eles. Me deram um bom dinheiro para dizer a quem vendi aquela droga de boneca.

– Depois vieram dois homens e uma mulher.

– O que queriam?

– Também procuravam a boneca. Eu estava na janela e um me puxou pra fora. Fiquei com medo dele, mãe.

– Eram da polícia?

– Não, mãe, acho que eram bandidos, conheço o jeito deles.

– Mas para que todo esse alvoroço por causa da boneca?

– Devia ter alguma coisa de valor dentro dela.

– Cocaína?

– Acho que sim. Os traficantes escondem drogas em cada lugar...

– E o rapaz e a moça? Estariam nessa?

– A gente nunca sabe, mãe. O que eu sei é que fiquei com um bruta medo daquele cara.

Batidas na porta.

– Quem será?

– Melhor não abrir, mãe.

– Ora, por quê? Não temos nada com esse caso. Vá abrir.

Zizo chegou à porta no momento em que batiam de novo. Com muito mais violência. Ergueu o trinco.

Bóris, Duque e Lena entraram. Apressados.

– Como é, trouxe a boneca de volta? – perguntou Bóris.

– Posso saber por que a querem? – quis saber a mãe de Zizo.

– Não lhe interessa, flagelada. Me dê a boneca.

– Vendi ela.

Bóris pegou-a pelo braço com força. Zizo tinha razão: era um homem que dava medo.

– Vendeu pra quem?

– Pra duas senhoras.

Bóris, atormentado pela má sorte, continuou a apertar o braço da favelada. Lágrimas saíam dos olhos dela.

– Que senhoras eram essas?

Bóris, além de apertar o braço, torceu-o.

– Moram aqui na favela?

– Não, não... – gemeu a mulher.

– Melhor se abrir, se não quiser que lhe quebre o braço.

Zizo não ficou indiferente. Quase implorou:

– Mãe, conte pra eles.

– Conte, mãe – ordenou Bóris. – O manquinho tem mais juízo que você.

A mãe de Zizo não tinha muito motivo para negar informações. Deveria morrer por causa duma boneca?

– Pra duas senhoras do orfanato Lar das Meninas, aqui perto.

– Onde é isso, magrela?

– Naquela avenida que sai da Marginal. O número é 822. Tem uma placa.

– Acho que já passei por lá – disse Duque.

– Largue o braço da minha mãe – suplicou Zizo a Bóris.

– Estou largando, trombadinha.

Lena tinha uma pergunta a fazer:

– Os dois garotos do fusca sabem disso?

– Sabem – confirmou a mãe de Zizo, massageando o braço que Bóris já soltara.

Lena e Duque dirigiram-se para a porta. Bóris demorou-se um pouco para dar um conselho:

– Dê uma educação mais esmerada ao seu filho. Quer que ele se torne um bandido quando crescer? Não é bonito.

E saiu às pressas.

– Deixou marcas no meu braço – constatou a mãe de Zizo.

– Imagine o que acontecerá àqueles dois quando encontrarem eles no orfanato.

– Nem quero pensar – disse ela.

– Acha que devemos avisar a polícia?

A mãe de Zizo pensou apenas alguns momentos.

– Não, filho. A polícia também não gosta de nós. Estamos no meio dela e dos bandidos. Bem no meio...

48
ALGUÉM NO MEIO DO LIXO

O motorista de táxi despertou com a cabeça doendo e descobriu que estava no meio do lixão. Onde doía havia uma protuberância resultante da coronhada. E sangue. Ergueu-se lentamente, fazendo caretas provocadas pelas dores. Cem metros além estava a favela para onde conduzira os três passageiros. Precisava mexer-se depressa para reaver o carro, sua única propriedade.

Uma viatura da polícia vinha vindo lentamente. Procurava alguém. O motorista acenou para os policiais, no meio da via. Brecaram.

— Sou motorista de táxi – disse. – Me acertaram a cabeça e me roubaram o carro.

— Quem foi, você viu?

— Passageiros. Acho que estão sendo procurados, pelo que ouvi no rádio.

— Dois homens e uma mulher?

— Isso, dois homens e uma mulher.

— Estamos atrás deles. Gente fina. Por acaso sabe onde mora um menino manco chamado Zizo?

— Levei eles pra casa desse menino. Vamos lá?

— Entre no carro.

O motorista entrou.

— É logo ali. Puxa, como me dói a cabeça!

— Isso é refresco perto do que fizeram com uma costureira. Quase mataram a coitada... Um deles, Bóris, é apelidado o Carniceiro. É mole?

49
ELAINE E VÍTOR DIANTE DA MONTANHA

Não foi fácil para Vítor e Elaine localizarem o Lar das Meninas. Tiveram de fazer perguntas a muitas pessoas, que também ignoravam o endereço. Vítor, porém, estava entusiasmado.

— Desta vez a boneca não escapa.

— Minha preocupação continua sendo vovó Selma.

— Pensa que não me preocupo com ela? Mas não podemos estar em dois lugares ao mesmo tempo.

— E se eles aparecerem no orfanato?

— Lá está ele! Vamos deixar o carro na rua lateral, mais escondido.

Vítor estacionou o carro e os dois correram para o portão do orfanato. Algumas meninas brincavam no jardim.

— Queremos falar com a diretora.

Foi chamada uma zeladora.

— Sobre doações?

— Sim — confirmou Vítor.

— Entrem — disse a zeladora, abrindo o portão. — A diretoria é na primeira sala à direita.

Vítor e Elaine entraram no casarão, na pressa de sempre. Viraram à direita. Mas não havia ninguém na pequena diretoria. A situação não permitia esperas. Foram seguindo por um corredor, pelo qual meninas de várias idades circulavam.

— Onde podemos encontrar a diretora? — perguntou Vítor a uma delas.

— Dona Nice e dona Rute estão no pátio.

Vítor e Elaine viram um espaço aberto no fim do corredor. Era um pátio amplo, cimentado, quase lotado de meninas, o que dificultou a localização das diretoras. Finalmente Elaine viu duas senhoras e, juntamente com Vítor, aproximou-se delas.

— As senhoras são as diretoras do Lar? — perguntou Elaine.

— Sou a presidenta, ela a vice. Trouxeram doações para o Natal?

— Não, minha senhora — disse Vítor, querendo ser claro para que entendessem aquela história complicada. — Viemos buscar uma boneca. Uma mulher da favela não lhe vendeu uma Maitê?

— Vendeu.

— Precisamos daquela boneca.

— Era roubada?

— Foi roubada por um trombadinha, filho daquela mulher, mas não é a boneca que nos interessa.

— Então é o quê? — perguntou a vice, próxima.

– O que está dentro dela – disse Vítor.

As duas trocaram olhares inquietos.

– E o que está dentro dela?

– Um diamante que vale milhões.

– Milhões?!

– Não ouviram falar do Captain Silver, roubado duma joalheria do centro? – perguntou Elaine.

– Claro que ouvimos. A televisão fez uma reportagem. E saiu nos jornais. Mas como o diamante foi parar dentro da boneca? Estão certos disso?

– Estamos – confirmou Elaine. – Uma moça que pertence à quadrilha, perseguida pela polícia num trem do metrô, deixou a Maitê comigo. Eu, sem saber de nada, dei a boneca de presente a uma menina do meu edifício que se mudava com a família para a favela. Haviam sido despejados. Chegando na favela, um trombadinha roubou a boneca da menina. Era o filho da mulher que vendeu a Maitê...

– Uma história interessante! – exclamou a presidenta. – Parece inventada.

– Mas ela não termina aí – acrescentou Vítor. – Acontece que os bandidos conhecem o rumo que a boneca seguiu. Escapamos deles por um fio de cabelo. E é possível que cheguem aqui.

– Aqui no orfanato? – admirou-se a presidenta.

– Já localizaram o filho da mulher que vendeu a boneca.

– Aqui não entrarão – garantiu a presidenta da entidade. – Não é dia de visitas...

– Eles são muito violentos – advertiu Elaine. – Um deles é um perigoso assassino.

– Devemos telefonar para convocar a diretoria? – perguntou a vice à presidenta.

Elaine começou a perder a paciência.

– Onde está a boneca?

– Vai ser muito difícil encontrá-la.

– Por quê? Não está aqui? – perguntou, ansiosa, Elaine.

– Está, mas...

– Mas o quê, minha senhora?

— Está embrulhada.

— O que tem isso?

— Embrulhada entre outras bonecas.

— Onde, moça? Quero ver.

Dona Nice e dona Rute levaram Elaine e Vítor ao galpão. Ficaram os quatro ao pé da montanha de presentes embrulhados em papel fantasia.

• • •

— Não é da altura do Pico do Jaraguá, mas é uma verdadeira montanha — disse a vice.

Vítor e Elaine ficaram apalermados.

— Mas apalpando os embrulhos logo se verá qual tem a boneca.

— Todos os embrulhos contêm bonecas, meu filho. Será o Natal das bonecas. Ainda se a Maitê fosse das maiores, mas é de tamanho médio.

— Será um trabalhão, eu sei — disse Vítor —, mas temos de começar a desembrulhar os presentes.

— Isso estragaria o papel e não temos mais — explicou a presidenta.

— Minha senhora, é um diamante que vale milhões! — suplicou Elaine.

— E os bandidos podem aparecer a qualquer momento.

A presidenta e a vice estavam cheias de dúvidas.

— Quem me garante que tudo não passa duma brincadeira?

— Brincadeira? — irritou-se Elaine. — Acha que iríamos fazer brincadeira num orfanato? Parecemos tão cruéis assim?

— Há pessoas que passam trote até no Corpo de Bombeiros!

Elaine procurava palavras, maneiras de dizer e argumentos para convencer as duas de que estavam diante duma situação real.

— E se a gente prometer embrulhar tudo novamente?

— Não podemos permitir — decidiu a presidenta. — Essa história de diamante dentro duma boneca tem jeito de ficção. A não ser que tragam uma autorização.

— Autorização de quem? — perguntou Vítor.

– Autorização da polícia – disse dona Nice.

– Isso é impossível!

– Impossível por quê, já que se trata dum caso policial? Vocês não estão brincando de detetives, não? Ou estão?

Elaine teve vontade de chorar. Vítor, vontade de começar a desembrulhação, mesmo contra a vontade das duas senhoras.

Nesse momento três pessoas entraram no pátio. Uma delas, um homem baixo e gordo, calvo, vestindo blusão de couro, dirigiu-se às duas diretoras.

– Viemos adotar uma menina. É loira, tem olhos azuis e chama--se Maitê.

50
VOVÓ SELMA VOLTA PARA O APARTAMENTO

Vovó Selma já cumprira sua missão, o resto era esperar. Voltou para o apartamento com alguma pressa, pois esquecera de servir leite para a gata Christie. De fato, a gata estava morrendo por um pires de leite. Ligou a televisão, desejosa de notícias. O que estaria aconte-cendo com Elaine e Vítor? Olhou o relógio, já deviam ter voltado. Procurou interessar-se por um trecho duma telenovela vespertina. Inútil. Apanhou um de seus romances. Desistiu no primeiro parágra-fo. Deveria ter continuado na delegacia? E se Elaine e Vítor chegas-sem? O que imaginariam não a encontrando? Apenas interrogações que o ruído contínuo do viaduto não abafava.

Subitamente, uma notícia na tevê!

A reportagem localizara o hotel onde os três bandidos estavam hospedados, provavelmente por denúncia da gerência. A câmera mostrou-o: o Emperor Park Hotel.

– O luxo dum cinco estrelas pode ser a melhor camuflagem para o crime – disse o repórter. Assim pensaram os ladrões do Captain Silver. E, aqui entre nós, pensaram bem.

51
PRESENTES DESEMBRULHADOS MUITO ANTES DO NATAL

A presidenta e a vice olhavam para Bóris, Duque e Lena sem entender muito bem o que eles pretendiam.

– Vieram adotar uma menina? É isso o que desejam? – perguntou a presidenta.

– Sim, mas essas coisas são muito complicadas, cheias de burocracia. Contentamo-nos com uma boneca – disse Bóris. – Onde está a Maitê?

As duas senhoras pela primeira vez acreditaram em tudo que Elaine e Vítor haviam contado. Trêmula, a presidenta mostrou a montanha de presentes.

– Está embrulhada com as outras. Íamos distribuir na véspera do Natal...

A vice, preocupada com as meninas, tentava ganhar tempo.

– Não podemos esperar, dona, e eu não fico bem-vestido de Papai Noel. Comecem a desembrulhar.

– Mas são tantas... – opôs-se a vice.

– A senhora contará com a ajuda daqueles dois – disse Bóris, apontando para Vítor e Elaine. – Comecem.

Vítor e Elaine obedeceram, mas como numa operação tartaruga, lentamente.

– Vocês duas não vão ficar na moleza – decidiu Bóris. – Desembrulhem também.

Eram oito mãos desfazendo os pacotes, a começar pelos lados da montanha. Elaine desembrulhou uma boneca loira que parecia a Maitê. Entregou-a a Bóris.

– Não é essa – disse Lena.

Bóris atirou-a para o alto. Como a tarefa demorasse, irritou-se e sacou um revólver.

– Se não se apressarem, começo a atirar. Vocês, senhoras distintas, mais atividade!

Vítor subiu no alto da montanha, sempre desembrulhando as bonecas que lhe pareciam maiores ou menores que a Maitê. Foi quando dona Nice assoprou-lhe "está no fundo". Os bandidos certamente imaginavam que ela, tendo chegado há pouco ao orfanato, estivesse na superfície.

— Depressa! Depressa! — exigia Bóris.

Algumas meninas viram a arma na mão do bandido e correram para o interior do orfanato. A debandada preocupou a gangue. Lena passou também a desembrulhar as bonecas. Elaine, atrás da montanha, não desembrulhava nada. E o trabalho das diretoras com suas mãos trêmulas não era nada eficiente.

A essa altura, a zeladora, alertada pelas meninas, correu para a rua, acompanhada de um grupo de órfãs. Gritavam.

— Estão assaltando o orfanato! Estão assaltando o orfanato!

Duque, temendo que acontecesse coisa assim, devido à arma e aos modos de Bóris, correu para o interior do orfanato. Chegando ao portão, viu a zeladora e as meninas, já na rua, chamando por socorro. Uma janela se abrira e alguém duma casa falava com elas. Duque voltou ao galpão, correndo.

— Acabem logo com isso! As garotas estão pondo a boca no trombone.

No galpão já havia outro monte, este das bonecas desembrulhadas, e havia papel de embrulho por toda a parte. Lena ia desembrulhando a toda pressa e sem parar. Já chegava ao fundo. Logo Maitê seria encontrada. Vítor viu um embrulho que lhe pareceu do tamanho da boneca premiada. Pegou-o com a intenção de escondê-lo em algum lugar. Mas Lena, num bote rápido, arrancou o pacote de suas mãos. Depois, numa ansiedade que também tomou conta de Vítor e Elaine, foi desfazendo o embrulho com certa lentidão. Desembrulhou a boneca totalmente.

— Ela! — bradou Lena. E beijou-a.

— Nada de precipitações! — berrou Bóris. — Pode haver outras iguais. — E olhando para a presidenta. — Há?

Dona Nice sussurrou um "não sei" que não convenceu. Bóris apertou-lhe o braço, furioso.

— É a única Maitê — revelou, apavorada, a presidenta.

Dona Rute não pôde vê-la sofrer.

– Juro que é a única. Foi a que compramos daquela mulher da favela. Todas as meninas a queriam.

– Todas as meninas a queriam, mas eu vou levá-la – disse Bóris, tirando a boneca de Lena. – Uma boneca tão badalada. Sempre sonhei em ter uma assim. Fazer vestidinhos... Vamos minha gente. E desculpem a desordem, minhas senhoras.

Bóris correu com a boneca, seguido por Duque e Lena, que, trombando com uma menina, ficara um pouco para trás. Foi quando se ouviram vozes gritando "a polícia! a polícia!".

Realmente, chegava uma Rádio Patrulha chamada pelos vizinhos do orfanato e outro carro com os dois investigadores que tinham passado pelas duas favelas. Os policiais viram os assaltantes, porém, com tanta criança na calçada, a correr desnorteadamente, muitas chorando, não puderam atirar.

Bóris aproximou-se do carro e entrou.

– Vamos, Duque.

– E Lena?

– Já não precisamos mais dela.

O táxi roubado partiu quando Lena já chegava. Aconteceu o que Bóris previra: os policiais hesitaram entre deter a moça e perseguir o carro, dando-lhe algum tempo de vantagem.

Um dos investigadores segurou Lena.

– Parece que escolheu mal seus amigos, moça.

Lena, traída, disse:

– Estão hospedados no Emperor Park Hotel.

– Já sabíamos disso – replicou o policial. – Serão bem recebidos lá.

52
QUE LUGAR É ESSE?

Bóris dirigia a toda velocidade.

– Não nos pegarão – disse. – Já fui campeão de Stock Car – brincou.

– Vamos voltar para o hotel?

– Claro que não, imbecil. Temos de nos livrar deste táxi. Depois, tomaremos uma condução qualquer.

– Para onde?

– Para um lugar totalmente insuspeito, enquanto as coisas estiverem pretas.

– Que lugar é esse?

53
NO LUGAR DO DIAMANTE UM PAR DE ALGEMAS

Elaine e Vítor viram os investigadores colocarem um par de algemas nos pulsos de Lena.

– Ah, a esperta garota do metrô – disse ela.

– E você, se julga esperta? – perguntou Elaine.

– Eu tentei – ela respondeu. – Mas ainda não invejo Priscila, minha prima. – E dirigindo-se aos policiais: – A costureira não teve nada com o assalto. Nem sabia da existência de Bóris e Duque. É incuravelmente honesta.

Elaine voltou-se para Vítor.

– Preciso voltar para casa. Continuo preocupada com vovó.

– Então, relaxe. Aquele investigador me disse que os bandidos a trancaram no guarda-roupa, mas ela se livrou e foi até a delegacia. Foi quem deu a pista da turma para a polícia.

– Que alívio!

– Agora está tudo bem – disse Vítor, abraçando-a. – Vamos para casa.

Vítor ia dirigindo pela Marginal, quando viram um carro da polícia perto dum matagal. Supondo que já tivessem apanhado Bóris e Duque, brecou e perguntou a um dos investigadores:

– Pegaram eles?

– Não – respondeu o policial. – Apenas achamos o táxi roubado que dirigiam. Talvez estejam por aqui.

54
ALUGA-SE QUARTO?

Vovó Selma continuava na sala com a tevê ligada e a gata Christie aos pés, ainda aflita à espera da neta. Finalmente tocaram a campainha. Foi abrir a porta.

Bóris a empurrou e entrou com Duque.

— Podia nos alugar um quarto, vovó? Somos pessoas de fino trato. E temos experiência de vida em comunidade.

Vovó Selma recuou, apavorada. A gata Christie sumiu da sala.

— O que vocês querem outra vez aqui?

— Apenas descansar um dia antes de botarmos os pés na estrada. — Mostrou Maitê. — Reconhece esta boneca? A nossa Maitê!

— Onde está minha neta?

— Nós também estamos à espera dela. Enquanto ela não vem, vá buscar qualquer coisa gelada. Estamos mortos de sede.

Vovó Selma foi para a cozinha, enquanto os dois se sentavam com os olhos na tevê.

— Pode entrar areia no seu plano se muita gente vier bater aqui — disse Duque.

— Aonde queria que fôssemos? No apartamento do doutor seria muito mais arriscado.

— E se o namoradinho da garota aparecer?

— Se gosta mesmo dela, ficará calado.

Vovó Selma voltou com refrigerantes e copos. Suas mãos tremiam.

— Queremos comida — disse Duque.

— Ouviu, vovó? Comida quente, se possível.

Duque virou um copo de refrigerante e depois disse a Bóris:

— Não devíamos ter feito sujeira com Lena.

— Sujeira? Foi simples operação aritmética. Agora dividiremos o produto em duas partes apenas.

— Talvez queira se livrar de mim também.

— Somos sócios, Duque. Um precisa do outro. Lena estava sobrando. E foi ela a causadora de toda a confusão.

Vovó Selma retornava com dois pratos, quando tocaram a campainha.

– Fique onde está – ordenou-lhe. – Eu abro a porta. – E abriu, escondendo-se atrás dela.

Elaine entrou, só vendo a avó.

– Vovó, que bom que está salva!

Bóris bateu a porta, aparecendo. Duque, que se ocultara na cozinha, apareceu também.

– Ela não está totalmente a salvo, garota. Nem você. Tudo depende do comportamento que terão. Onde está o galãzinho? – perguntou Bóris.

– Foi pra casa dele.

– Mas logo pinta por aqui, não?

– Acho que sim – disse ela.

– Virá, com certeza, para ver como está a vovó. Espero que ele goste muito de você e não procure bancar o esperto. Pode levar esses copos – ordenou Bóris a dona Selma –, enquanto Chapeuzinho Vermelho faz sala para as visitas.

Vovó Selma obedeceu.

– Viu quando prenderam Lena? – perguntou Duque a Elaine.

– Vi – ela respondeu.

– Boa moça! – exclamou Bóris. – Mas sabe que até teve sorte? Para não dividir o dinheiro em três partes eu teria de acabar com ela. Agora está presa, mas viva.

– O que vão fazer? – perguntou Elaine.

– Nada de especial, Chapeuzinho Vermelho. Apenas deixar o tempo passar – respondeu Bóris. – E ver televisão. Hábito que adquiri na cadeia. Adoro os programas dessas senhoras que ensinam culinária. Se tudo correr bem, vestirei um avental e farei uns quitutes para vocês.

Bóris riu. Duque, inconformado com a prisão de Lena, continuou sério.

– Suas gracinhas às vezes me irritam.

– Terá de ouvir muitas. Meu repertório é imenso – disse Bóris.

Outra vez a campainha.

— O galãzinho já encostou o carro — previu Bóris. — Eu abro a porta. Fique no meio da sala, Chapeuzinho.

A porta abriu e Vítor entrou.

— Tudo bem com vovó Selma?

— Tudo bem — respondeu Bóris, fechando a porta. — Apenas chegaram dois priminhos do interior, Bóris e Duque.

Ao ver os dois, Vítor tremeu todo de susto.

— Vocês?

— Este apartamento é o melhor que encontramos pra brincar de esconde-esconde.

— E dona Selma? — Vítor perguntou.

— Está jogando paciência na cozinha. Ofereceu-se para cooperar conosco. Quanto a você, esteja à vontade. Pode dar um beijinho na namorada e até dormir aqui. Somos liberais. Mas seus pais estranhariam, não? Viriam procurar você aqui. Portanto, quando quiser, pode sair, não é, Duque?

— Claro, ele não mora aqui.

— Terá toda a liberdade de ir e vir assegurada pela Constituição. Mas se abrir o bico, fuzilaremos sua namorada e a dona Benta. Duas mortes a mais não me fariam diferença. Quanto ao Duque, apesar de parecer um perfeito cavalheiro, um *gentleman*, vira fera quando acuado. Verdade, Duque?

— Não vai ser necessário... O rapazinho não cometerá asneiras. Ele sabe que se chamar a polícia teremos de usar as duas como escudo.

Elaine falou por Vítor:

— Ele não vai dizer nada a ninguém.

— Entende a situação? — perguntou Bóris.

— Entendo.

— É o que se chama um rapaz brilhante — elogiou Bóris. — Parabéns. Aliás, vou fazer um teste com você.

— Um teste?

— Vou lhe dar um número de telefone. Ligue e chame o doutor. E diga a ele: "Bóris está em segurança. O senhor pode comparecer a um encontro?" Só isso, Vítor.

– Agora?

– Agora, mocinho.

– Posso ir?

– Pode, mas se demorar mais de dez minutos, começarei a queimar o bracinho da Chapeuzinho Vermelho com a ponta do meu cigarro. Certo?

– Certo.

– Então anote o número, *boy*.

55
O QUE ERA RUIM COMEÇA A FICAR PIOR

Vítor, já na rua, pensou certamente em avisar a polícia, mas se o fizesse seria o fim de Elaine e de sua avó. Havia um orelhão nas imediações. Discou o número. Atenderam.

– Pronto.

– Queria falar com o doutor.

– Quem gostaria?

– Da parte de Bóris.

Logo uma voz grossa, com acento estrangeiro, atendia.

– Quem quer falar?

– Bóris me mandou.

– Diga a ele para não aparecer por aqui. Estou sendo vigiado.

– Ele só quer saber se o senhor pode marcar um encontro.

– Bóris está com a... boneca?

– Está.

– Diga que hoje não. Telefone amanhã. – E desligou.

Vítor voltou ao apartamento, tocou a campainha e abriram a porta. Bóris estava com um revólver em punho. Duque ainda comia.

– Falou com ele?

– O encontro não pode ser hoje porque está sendo vigiado. Pediu para telefonar amanhã.

Bóris ouviu e depois perguntou:

— Onde você mora?

— Num prédio aqui perto.

— Costuma jantar com seus pais?

— Costumo.

— Então volte para casa, bem calminho, e retorne amanhã cedo. Mas não saia assim, sem se despedir de Chapeuzinho.

Vítor deu um beijo em Elaine e um abraço em vovó Selma, que entrava na sala.

— Aproveite a ocasião para lhe dar um conselho, garota.

Elaine gaguejou e disse:

— Não diga a ninguém que eles estão aqui.

— E não deixe seus pais desconfiarem — acrescentou Bóris.

— E não deixe seus pais desconfiarem — repetiu Elaine.

Vítor saiu. Estava tonto, desorientado, febril.

Momentos depois, o telejornal noticiava: "Presa a mulher que participou do assalto à joalheria; mas o Captain Silver está agora em poder dos dois assaltantes, que desapareceram". A reportagem mostrava Priscila no hospital, inocentada pela prima e já em fase de recuperação, e o táxi encontrado num matagal. No final, foram mostrados retratos de Bóris e Duque.

— Não gosto desse retrato — comentou Bóris. — Acho que sou muito mais bonito.

— Sorte que nada disseram sobre o doutor — disse Duque.

— Aquele malandro sempre escapa. Parece que tem boas relações de ambos os lados. Daí pagar pouco para quem trabalha de verdade. Ele compra o silêncio de certas autoridades, entende?

56
VÍTOR QUEBRA A PROMESSA

Em seu apartamento, Vítor não conseguia se mostrar à vontade, calmo diante dos pais. Quando lhe perguntaram onde estivera o dia todo, não mentiu. Comentou a eles tudo o que acontecera, do caso da boneca do metrô ao rebu no orfanato. Mas não contou o resto.

Na hora do jantar, sua mãe observou:

– Se tudo já acabou, por que continua preocupado?

Vítor tentou em vão apagar a inquietação de seu rosto.

– Isso passa.

Não passou. Ao assistir com os pais ao telejornal das onze, não suportava mais a tensão nervosa.

– A esta hora devem estar longe – comentou sua mãe.

Vítor não suportou.

– Estão perto.

– Perto?

– No apartamento de Elaine – abriu-se.

– Como sabe? – perguntou o pai.

– Estive lá, com eles...

– E deixaram você sair?

– Deixaram, pai. Se eu avisar a polícia, matam as duas. Além do mais...

– Além do mais o quê?

– Precisam de mim para entrar em contato com um receptador.

Os pais de Vítor nem sabiam o que dizer. Principalmente a mãe.

– Meu filho, o que pretende fazer?

– Apenas esperar que saiam do apartamento.

– Está certo – disse seu pai. – Não pode pôr em risco a vida das duas. Mas tem mesmo de voltar lá?

– Amanhã cedo. Para o bem de Elaine e de sua avó.

O pai de Vítor viu tudo claro.

– Espero que vendam logo o tal diamante. Odete, não vá contar a ninguém o que está acontecendo. Por favor. Eu farei o mesmo.

Vítor sentiu-se um pouco mais aliviado, mas naquela noite, em seu apartamento, ninguém conseguiu dormir.

57
HORAS DE TERROR

Elaine recolheu-se cedo ao quarto que dividia com a avó. Esperou que ela dormisse para executar uma ideia. Nos momentos de desespero, tudo parece viável. Vencida pelas emoções, vovó Selma dormiu logo. Era de madrugada quando Elaine se pôs de pé, descalça, e aproximou-se da porta. Abriu-a, centímetro por centímetro. Na sala, às escuras, Bóris e Duque pareciam dormir. Um no sofá, o outro na poltrona. A televisão estava ligada, mas a programação terminara. Transmitia apenas um "chuvisqueiro" e zunidos eletrônicos. Pretendia sair do apartamento e chamar a polícia, que apanharia os bandidos dormindo. Com a respiração suspensa, pisou na sala e passou por eles. Agora era só abrir a porta do corredor e sair. Deu a primeira volta na chave, já se sentindo livre. Deu a segunda.

— Vai dar um passeio, garota?

Era Bóris quem perguntava, no mesmo instante em que acendia a luz do abajur.

Duque acordou:

— O que está acontecendo?

— Tenho sono de gato, menina – disse Bóris, já a segurando pelo braço. E dirigindo-se ao parceiro: – Pode continuar dormindo. Apenas Chapeuzinho Vermelho pretendia dar uma volta pela floresta. Mas ela não sabia que o Lobo Mau é capaz de passar cinco noites sem pregar os olhos. Agora, volte para o quarto.

Voltando para a escuridão de seu quarto, Elaine foi à janela, donde só se podia ver uma nesga do viaduto. Impossível levar avante qualquer plano de fuga. Permaneceu olhando para fora, agoniada, até que amanhecesse.

Às sete horas da manhã, Bóris abriu a porta do quarto e pediu a vovó Selma que fizesse o café. Às oito tocaram a campainha: Vítor.

— Espero que tenha seguido o conselho que sua namorada lhe deu.

— Não disse a ninguém que estão aqui – garantiu Vítor.

– Agora vá telefonar outra vez. Diga que queremos um milhão. Se concordar, telefonará depois para marcar o encontro.

– E Elaine? – perguntou Vítor, que não vira a namorada.

– Ela tentou sair ontem à noite e está de castigo. Agora, vá.

Vítor saiu à rua. Viu seu pai na esquina, tenso.

– Tudo bem com elas? – perguntou.

– Parece que sim, pai. Vou telefonar para o receptador.

Vítor, de tão nervoso, não conseguia encaixar a ficha no orelhão. Discou. Deviam estar dormindo ainda, pois não atendiam. Depois de muitas chamadas, atenderam.

– É a pessoa da parte do Bóris. Ele quer um milhão. Depois marcará o encontro.

– É muito – disse o doutor. – Só pago meio milhão. É o que tenho.

Vítor desligou o aparelho e voltou ao apartamento. Bóris e Duque estavam apreensivos.

– Falou com ele?

– Disse que só paga meio milhão.

Bóris deu um soco no ar. Furioso.

– Sabe que estamos a perigo e quer aproveitar.

– Procuremos outro receptador – disse Duque.

– Não há tempo. Precisamos sumir daqui. Vamos marcar o encontro para as duas horas.

– Onde o encontro? – perguntou Duque.

– Diante do Estádio, no Morumbi. Vá, garoto.

Vítor voltou ao orelhão. Discou depressa. O próprio doutor atendeu, com seu sotaque estrangeiro.

– Sou eu.

– Pode falar.

– Bóris aceita o dinheiro. Pede que compareça ao encontro às duas horas. Diante do Estádio, no Morumbi.

– Sim – disse o homem. – Irei. Se a polícia não aparecer por aqui. – E desligou.

Vítor ia se afastar do orelhão quando um homem lhe perguntou:

– Você não é o rapazinho que andou procurando a boneca Maitê?

Um choque.

– Sou. Por quê?

– Somos da tevê – disse o homem, apontando para outros dois que se aproximavam. – Nós o vimos no orfanato, ontem. Fazíamos uma reportagem sobre o trânsito quando aconteceu aquilo. Queremos entrevistar a mocinha. Ela mora por aqui, não?

Vítor não esperava por essa.

– Mora...

– Nos leve até o apartamento dela.

– Não posso – ele retrucou precipitadamente.

– Por quê?

– Ela... ela... não está no momento.

– Então entrevistaremos a avó dela.

O que responder?

– Ela também não está. Viajaram.

– Para onde?

– Não sei – disse Vítor, afastando-se sem disfarçar seu nervosismo.

Para despistar a equipe da tevê, circulou pelo quarteirão sem rumo definido e somente entrou no edifício depois de olhar para todos os lados.

– Que demora! – exclamou Bóris.

– Havia uma fila no orelhão.

– Falou com o doutor?

– Está tudo certo. Estará às duas diante do Estádio.

– Vá para o quarto da Chapeuzinho Vermelho.

Ao entrar, Vítor percebeu toda a angústia que Elaine e sua avó sentiam.

– Calma, antes das duas irão embora. Falei com o receptador.

– Não disse nada a seus pais? – sussurrou Elaine.

– Contei tudo, mas não avisarão a polícia. O pior é que encontrei um pessoal da tevê. Querem entrevistá-la. Disse que estava viajando com vovó Selma.

– Sabem que moro aqui?

– Isso é fácil de descobrir.

Meia hora depois tocavam a campainha. Era a equipe da tevê. Bóris e Duque puxaram suas armas, mas ninguém se mexeu. Ouviram vozes e novos toques de campainha. Depois, passos de algumas pessoas que se retiravam.

— Está limpo outra vez – disse Bóris.

Ao meio-dia abriram a porta do quarto. Era Bóris, que se dirigiu a Vítor.

— Volte para sua casa para que seus pais não estranhem. Retorne depois do almoço.

Foi o que Vítor fez. No apartamento, encontrou os pais muito inquietos.

— Esteve aqui uma equipe da tevê – disse a mãe de Vítor. – Queriam o endereço de Elaine. Dissemos que não sabíamos. Não sei se acreditaram.

— Creio que acabaram descobrindo o endereço e foram até lá. Ninguém atendeu. Meu receio é que atrapalhem a fuga dos bandidos. Seria pior para todos.

— Vai ter que voltar lá? – perguntou o pai.

— Vou. Antes das duas irão embora.

— Quer almoçar?

— Não, mãe. Nem sei se estou com fome.

58
ÚLTIMOS LANCES DA GINCANA

Vítor voltou ao apartamento de Elaine. Apertou três vezes a campainha. Abriram a porta.

— Vá para o quarto – ordenou Bóris.

Vítor beijou Elaine, abraçou vovó Selma, os três reunidos na mesma tensão. Agora era esperar que fossem embora.

Bóris apareceu à porta.

— Venha, Chapeuzinho. Você irá comigo.

— Com você ou conosco? – perguntou Duque.

— Alguém precisará ficar tomando conta desses dois.

— Eles não avisarão a polícia, se levarmos a menina. Ficarão trancados.

Bóris hesitou. Parecia querer se livrar do comparsa. Nesse instante, Vítor se adiantou.

— Vou no lugar dela.

— Não dê palpite, *boyzinho*.

— Irei com vocês — disse Duque, comandando a decisão. Conhecia Bóris de sobra e não queria que lhe acontecesse o que sucedera a Lena.

— Certo — concordou Bóris. Mas era só para Duque sair da tensão, relaxar. Pegou Elaine com a mão esquerda, enquanto com a direita sacava o revólver. — Quinhentos mil é pouco para dois. Lamento, Duque. — O rumor contínuo do viaduto abafava qualquer outro ruído. Disparou.

Atingido, Duque tentou avançar sobre Bóris, mas só deu mais um passo. Despencou no chão.

Vovó Selma deu um grito, aterrorizada.

— Vamos — disse Bóris a Elaine, pegando com a mão esquerda a Maitê, que embrulhara. — Comportem-se vocês dois. Não coloquem Chapeuzinho Vermelho em perigo. — E saiu com a moça.

Vítor curvou-se sobre Duque.

— Está morto? — perguntou vovó Selma.

— Não sei.

— O que devemos fazer?

— Eu irei para a frente do Estádio. Quero estar bem perto de Elaine.

Vítor saiu à rua e viu quando Bóris fez um táxi parar. Elaine entrou primeiro, depois ele. O rapaz começou a fazer sinais a todos os carros que passavam. Mas nada de táxi. Uma perua parou diante dele. Era da equipe da tevê que desejava entrevistar Elaine.

— Aquele que parou o táxi era Bóris? — perguntou o repórter.

Não deu para mentir:

— Era.

— Sabe para onde vão?

– Sei, mas não podemos pôr a vida de Elaine em perigo.

– Não faremos isso. Só nos interessa uma boa reportagem. Entre na perua.

Pelo caminho, o repórter disse que notara algo estranho em seu encontro com Vítor no orelhão. A atitude dos pais dele, quando lhes perguntaram o endereço de Elaine, também não convenceu a equipe. Mais tarde Vítor foi visto ao entrar no edifício do viaduto. Tudo indicava uma grande notícia no ar.

– O diamante está com ele?

– Está.

– Com quem Bóris vai se encontrar?

– Com um receptador chamado doutor. Eu fiz o contato.

– E o outro assaltante?

– Duque? Está no apartamento de Elaine, baleado. Bóris não quis dividir o dinheiro com ele.

59
SERÁ QUE ACABA ASSIM?

Chegando diante do Estádio, Bóris mandou o táxi parar e pediu que o esperasse. Segurando no braço de Elaine, a mancar, como se precisasse de apoio, afastaram-se alguns passos.

– Logo estará livre, Chapeuzinho – disse. – Mas o que queriam? A recompensa? Que pena! Você, a vovó e o gato continuarão a morar naquele lixo de apartamento. Nem sei como suportam tanta poluição!

– Por que matou o Duque? – Elaine perguntou.

– Ele tinha o feio hábito de roer unhas. Isso não tem cura. Uma doença. Só matando o paciente.

Subitamente um homem de meia-idade apareceu portando uma maleta. Mas não estava só. Outro, calvo, o acompanhava a curta distância.

– Não trouxe as muletas, doutor?

– Sempre tive ótimas pernas, Bóris. Agora me passe a boneca.

— Antes vamos contar o dinheiro.

— Aqui?

— Por que não? Vamos àquele banco.

Bóris levou Elaine até o banco. O acompanhante do doutor permaneceu por perto, atento a tudo.

— Conte o dinheiro – disse o homem, abrindo a maleta.

— Vamos ver se não está cheia de papel pintado.

— Eu não faria isso.

— Retirou a parcela do imposto de renda?

— Depressa, Bóris.

Bóris fechou a maleta, sem contar o dinheiro.

— Parece estar correto.

— A boneca.

— Pois não – disse Bóris, entregando-lhe a Maitê.

O doutor e seu acompanhante começaram a andar na direção do carro em que vieram, a uns cinquenta metros. Mas o que fazia aquele rapazinho perto do carro?

Bóris, levando a maleta em direção ao táxi, despedia-se de Elaine.

— Pode ir, Chapeuzinho Vermelho. O Lobo Mau vai voltar para a floresta de táxi. Recomendações à vovó. Diga-lhe que seu sobrinho agora vai viver de renda, honestamente...

Vendo-se livre de Bóris, Elaine olhou para o carro do doutor e viu Vítor falando com ele.

Vítor, que viera com a perua, estacionada a boa distância para gravar a cena, disse para o doutor, assim que viu a namorada fora de perigo:

— Sou a pessoa que lhe telefonou. O senhor foi enganado. Bóris tirou o diamante da boneca. Eu o vi fazendo isso. – E arrancou o embrulho da mão do receptador. – Não tem nada aqui dentro.

O doutor e o companheiro correram pela praça no encalço de Bóris, já no táxi, no justo momento em que Vítor e Elaine se encontravam.

Ao ver os dois homens se aproximarem, Bóris, já no banco do carro, indagou, sacando a arma:

— O que houve?

O companheiro do doutor sacou sua arma também.

– A maleta! A maleta! – exigia o doutor.

– Quer me roubar, gringo?

– A maleta!

A câmera de tevê focou a cena a distância: Bóris, saindo do carro, e o homem calvo que acompanhava o doutor atiraram ao mesmo tempo. A maleta abriu-se, esparramando dinheiro, enquanto Bóris afundava no banco. O motorista do táxi, apavorado, fugiu. Aproximando a lente, a câmera apanhou também o doutor, que caía ferido. Bóris atirara nele, não em seu acompanhante. Este, ataranta-do, não sabia se acudia seu patrão ou se colhia o dinheiro que jorrava da maleta.

Vítor e Elaine correram ao encontro da equipe de tevê, ele com a Maitê embrulhada. Diante dum microfone, disse:

– Falei para o receptador que Bóris havia tirado o diamante de dentro da boneca.

– E não tirou?

– Acho que não. Alguém tem aí um canivete?

O próprio *cameraman* passou um canivete a Vítor, que com habilidade de cirurgião extraiu o ofuscante Captain Silver de dentro da Maitê.

– Elaine! – exclamou. – Aqui está sua recompensa!

Ela, sem palavras, atirou-se sobre Vítor, dando-lhe um beijo que qualquer diretor de telenovela aprovaria.

60
FINS

Vovó Selma, assim que Vítor saiu do apartamento, bateu à porta duma vizinha, que chamou uma ambulância e a polícia. Duque até que teve sorte. Embora gravemente ferido, escapou com vida. Depois do hospital, a cadeia. O doutor perdeu o dinheiro, produto de muitas receptações, e a liberdade, além de levar uma bala no peito. Seu parceiro, o homem calvo, foi detido uma hora depois no luxuoso apartamento do doutor, quando, juntando joias roubadas, preparava--se para fugir.

Bóris deu adeus ao mundo na ambulância. Antes de cerrar os olhos, disse ao investigador a seu lado:

— Eu não tinha tirado o diamante da barriga da boneca. Com aquela precipitação toda esqueci de fazer isso. Até que era uma boa ideia...

A recompensa de cem mil dólares só foi dada a Elaine devido ao sensacionalismo da tevê e dos jornais. Bem que o dono da joalheria tentou escapar do compromisso, perguntando:

— Mas eu prometi mesmo? Eu? Provem.

O teipe da gravação provou.

Vítor não quis aceitar parte alguma da recompensa. Mas vovó Selma insistiu em lhe pagar todo o curso pré-vestibular, que ele faria no ano seguinte. Gabi, claro, recebeu sua Maitê e uma quantia em dinheiro igual à que foi dada à mãe de Zizo. Não resolveria os problemas das duas famílias de favelados, evidentemente. E uma penca de Maitês foi enviada às órfãs do Lar das Meninas.

Algum tempo depois, Elaine, sua avó e a gata Christie mudaram-se para um apartamento muito maior e menos ruidoso. E ainda sobrou dinheiro para garantir a elas alguns anos de tranquilidade.

O caso do Captain Silver foi tão divulgado pelos meios de comunicação, que o fabricante da boneca procurou Elaine para posar com uma Maitê como propaganda na tevê, nos jornais e em cartazes. Pagaram-lhe uma bela soma.

Depois das fotos, Elaine comentou com Vítor e a avó:

— Enquanto posava, não parei de pensar um só momento nas crianças que vi na favela. Para elas, que muitas vezes não têm o que comer e o que vestir, a Maitê não passa duma miragem, dum sonho...

Vítor, que também se comovera muito com tudo o que vira, disse:

— Elas levam uma vida amarga.

Vovó Selma chorava por qualquer coisa, mas reagiu:
— Por falar em amargo, que tal algo bem doce para compensar? Vou fazer uns bombons de chocolate, desta vez não para vender.
E os três, mais a gata Christie, foram para a cozinha.

SÓ

BIOGRAFIA

Marcos Rey, pseudônimo de Edmundo Donato, nasceu em 1925, em São Paulo, cidade que sempre foi o cenário de seus contos e romances. Estreou em 1953 com a novela *Um gato no triângulo*. Marcos Rey faleceu em São Paulo, em abril de 1999.
O mistério do 5 estrelas, *O rapto do Garoto de Ouro* e *Dinheiro do céu*, entre outros, além de toda a produção voltada ao público adulto, passaram a ser reeditados pela Global Editora.

LIVROS DE MARCOS REY PELA GLOBAL EDITORA

INFANTOJUVENIS

12 horas de terror

A arca dos marechais

A sensação de setembro – Opereta tropical

Bem-vindos ao Rio

Corrida infernal

Diário de Raquel

Dinheiro do céu

Enigma na televisão

Marcos Rey – Crônicas para jovens

Não era uma vez

Na rota do perigo

O coração roubado

O diabo no porta-malas

O homem que veio para resolver*

O menino que adivinhava*

O mistério do 5 estrelas

O rapto do Garoto de Ouro

O último mamífero do Martinelli

Os crimes do Olho de Boi

Quem manda já morreu*

Sozinha no mundo

Um cadáver ouve rádio

Um gato no triângulo

Um rosto no computador

ADULTOS

A última corrida

Café na cama

Entre sem bater

Esta noite ou nunca

Malditos paulistas

Mano Juan

Melhores contos – Marcos Rey

Melhores crônicas – Marcos Rey

Memórias de um gigolô

O cão da meia-noite

O caso do filho do encadernador

O enterro da cafetina

O pêndulo da noite

Ópera de sabão

Os cavaleiros da praga divina

Os homens do futuro

Soy loco por ti, América!

*Prelo

Impresso por :

gráfica e editora

Tel.:11 2769-9056